MÜNSTER KRIMI

Martin Scholz, geboren 1963 in Metelen, studierte, lebt und arbeitet in Münster seit einer halben Ewigkeit. Das vorliegende Buch ist sein Erstlingswerk.

Martin Scholz

Blutsbrüder

Martin Scholz

Emons

Umschlaggestaltung: Atelier Schaller, Köln
Umschlagzeichnung: Heribert Stragholz
Umschlaglithografie: Media Cologne GmbH, Köln
Druck und Bindung: Clausen & Bosse GmbH, Leck
Printed in Germany 2003
ISBN 3-89705-290-3

www.emons-verlag.de

So sehr als die Bücher, ist es nötig, Menschen studiert zu haben.
Baltasar Gracian (1601–1658)

I

Mein Name spielt keine Rolle, so dass ich die Ereignisse in Münster lieber inkognito berichte. Nennt mich Tom oder sonst wie, aber versucht nicht herauszubringen, wer euch das alles erzählt, denn ich habe ein neues Leben begonnen, und das werde ich nicht gefährden.

Es geschah in den Achtzigern, als die Bild-Zeitung Bum-Bum-Boris erfand und Bob Geldof sein Live-Aid-Konzert organisierte. Damals war ich Student der Philosophie und irgendwie stolz darauf. Tag für Tag stehen die Leute frühmorgens auf, quälen sich in ihr Büro oder sonst wohin und beschäftigen sich mit Gott weiß was, nur nicht mit ihrem wirklichen Leben. Ich meine, es war einfach cool, morgens im Bett zu bleiben und den Diogenes in der Tonne zu spielen. Geh mir aus der Sonne, Establishment! Nehmen wir zum Beispiel Wittgenstein. »Die Welt ist, was der Fall ist« – klingt doch genial, oder? Liegen bleiben und nachdenken über: Alles und Nichts, Sein und Nichtsein, Freiheit und Notwendigkeit, und dann erst mal ab in die WG-Küche für ein Dreistundenfrühstück mit engagierten Kernkraftgegnern. Die Studienordnung kam mir da sehr entgegen, weil sie schlicht nicht existierte, jedenfalls nicht verbindlich. Etwa so wie unser Spülplan. Eigentlich komisch, dass uns nicht der schon damals von der Planwirtschaft abgebracht hatte. Aber sonst funktionierte der Laden, weil wir uns mochten. Okay, nach einigen Auswechslungen waren die anderen inzwischen ein ganzes Stück jünger, und ich fühlte mich wie ein Relikt vergangener Zeiten, aber irgendwie ging es ganz gut. Da waren: Britta (Ökotrophologie), Matze (Politik), Gerda (Primarstufe) und ich. Wir wohnten in der Schillerstraße hinterm Bahnhof, fünf Fahrradminuten in die Innenstadt und fünf zum Kanal, genau die Distanz, die ich noch verantworten konnte. Die drei waren wirklich in Ordnung, halfen dem armen Tom so manches Mal als Team die Treppe hoch, wenn er mal wieder im »Uhrwerk« gegenüber versackt war. Reden wir nicht drumherum: Mein Laster war der Alkohol, der mir immer neue Trugschlösser aufbaute, um sie dann doch zuverlässig wieder einzureißen. Damals ersäufte ich allerdings die Lösung zum Problem in Whiskey on the rocks.

Das kleinere Problem waren unsere Frauen. Sie entdeckten gerade ihre fünftausendjährige Unterdrückung, was das Klima zuweilen unnötig aufheizte und mich der Ruhe wegen manches Mal an einen Umzug denken ließ. Aber schließlich war das der Zeitgeist, und vor dem ist man nirgends wirklich sicher. Also übte ich mich in Gelassenheit und versuchte, die formlosen lila Latzhosen trotzdem sexy zu finden.

Katja beendete diese Bemühung mit einem Schlag. Latzhosen waren ihr ein Gräuel, und sie fand es auch nicht unsolidarisch, sexy auszusehen. Den ganzen Abend hatte ich mir damals Sprüche zurechtgelegt, um diesen heißen Feger anzugraben, der dort auf der Tanzfläche zu den Doors, Led Zeppelin und Deep Purple herumwirbelte. Ich war mit Britta, genauer: mit Brittas Wagen und Britta ins Grünhaus gefahren, einen Tanzschuppen, den mancher vielleicht noch erinnert, und hier war Katja eher untypisch, was ihr Outfit betraf: figurbetonter Chic erster Güte kontra Sackleinen vom Flohmarkt.

Es war Britta, die mich mit einer abschätzigen Bemerkung auf sie aufmerksam machte. Wenn ich eines nicht abkann, dann herablassende Urteile aufgrund der Klamotten. Und wenn es für mich ein Gütesiegel für Attraktivität gäbe, so wäre dies Brittas Mäkeln aus stocknüchternem Munde.

Ich versuchte, einen möglichst sachlichen Ton anzuschlagen: »Wieso, die sieht doch toll aus«, aber Britta verzog stumm den Mund und nippte an ihrem Mineralwasser. Katja tanzte ganz unaffektiert, ließ unschuldig die Hüften kreisen, als entstamme sie einem alten Haremsgeschlecht, und schaute im Fünfminutenabstand zu mir herüber, als sei ich ein Mann, den frau auf gar keinen Fall beachten darf. Diese Mischung machte mich wahnsinnig! Was sagt man zu einer Frau, die man auf der Stelle vögeln möchte, ohne ihr zu sagen, dass man sie auf der Stelle vögeln möchte? Britta begann sich langsam auf Katja einzuschießen: »Oh Gott, wie die tanzt! Mir wird ganz schlecht!« und »Die hat doch nur Männer im Kopf.« Katja schwenkte ihre blonden, langen Haare im Rhythmus von »Nights in white satin«, und Britta schrumpfte neben mir zu einem Giftzwerg mit hektischen Flecken im Gesicht. Ich hatte wirklich voll getankt. Wenn schon der ganze Laden anfing, in ihrem Rhythmus zu schwingen ... Plötzlich war ich Jim Morrison, selbstverliebt und in Ekstase. Und zufällig einen Meter vor ihr.

Der Rest ging fast von selbst. Britta fuhr allein zurück, während ich mit Katja in einen philosophischen Diskurs geriet. Jedenfalls glaube ich das, denn ich kann mich nicht mehr genau erinnern. Es stellte sich heraus, dass sie Medizinstudentin im zweiten Semester war, im Kreuzviertel ein eigenes Apartment mit kleiner Küche bewohnte und ziemlich rasch zur Sache kam. Als ich mittags bei ihr aus meinem Koma erwachte, war sie schon weg. Auf dem Küchentisch lag ein rosa Zettel. In feiner blauer Tinte stand da: »Geh kämpfen, Tarzan«, unterzeichnet mit »Jane«.

Ich ließ dann das Telefon erst mal zwei Tage still stehen, um mich nicht gleich als Klette zu outen, denn eigentlich war ich in der Stimmung, um ihre Hand anzuhalten. Nicht, dass mir das immer so geht, aber diesmal hatte es mich wirklich erwischt. Doch was wusste ich schon von ihr? Ich kannte sie ja noch nicht. Wie sie wohl bei Tage und ganz nüchtern ist? Nein, diesen Traum musste ich mir noch ein wenig erhalten. Erst am Freitagabend war ich schließlich so weit, der Wahrheit ins Gesicht zu sehen, und wählte ihre Nummer. Eine Männerstimme nuschelte irgendwas in mein erwartungsfrohes Ohr.

»Wen willse sprechen?«

»Katja, die Medizinstudentin.«

»Moment.«

Der Hörer knallte auf etwas Hartes. Minutenlanges Warten. Im Hintergrund lief irgendeine Stonesnummer. Ich kannte Katjas Wohnung: Man konnte sich nur schwer darin verlaufen. Vielleicht war sie gerade im Bad. Aber was mich noch mehr irritierte, war dieser Typ. Die Stimme klang, als wäre ihr Besitzer gerade aus dem Tiefschlaf erwacht. Es war kurz nach sechs an einem Freitagabend, und ich stand mit dem Hörer in der Hand im Flur meiner WG und wartete auf meine Hinrichtung. Sie würde mir sagen, dass es nur eine Nacht gewesen sei, eine schöne zwar, aber dass sie mit irgendeinem Günther, Ralf oder Dieter liiert sei und das auch gern bleiben wolle. Sie würde mir mit schönen Worten das Herz heraussezieren und für die Pathologie aufbereiten: Seht her, liebe Kommilitoninnen, so krank kann ein Männerherz sein. Ich legte auf. Gerda hatte Besuch von ihrem Freund, und man hörte ihr Stöhnen durch die Holztür mit dem Zappaposter dran. Hatte ich eigentlich schon meine Blumen gegossen? In diesem Moment klingelte das Telefon. Ich hob ab.

»Hallo?«

»Hi, Tom. Ich bin's. Katja.«

»Hi, wer war der Typ bei dir?«

»Welcher Typ?«

»Der, mit dem ich eben telefoniert habe. In deiner Wohnung.«

»Kann gar nicht sein. Du musst dich verwählt haben.«

»Ja, aber der Typ, mit dem ich eben gerade gesprochen habe, wollte dich an den Apparat holen.«

Nach kurzem Zögern sagte sie: »Hier ist niemand außer mir. Geht es dir gut?«

In diesem Moment wünschte ich mir ein Telefon mit Wiederholungstaste. Wir hatten so eins mit Wählscheibe vom Flohmarkt. Ich versuchte, meinen Zweifel abzuschütteln und gute Laune raushängen zu lassen.

»Ja sicher – und wie geht es dir?«, fragte ich scheinfröhlich.

»Prima«, klang es noch fröhlicher zurück, »hast du vielleicht Lust, morgen in die Eule zu kommen?«

»Ja klar«, sagte mein Mund, noch bevor die Frage überhaupt mein Denkzentrum erreichte.

»Du kannst mich morgen um zehn abholen. Du weißt ja, wo ich wohne.«

»Okay«, krächzte meine trockene Stimme, die möglichst lässig wirken sollte, »morgen um zehn. Astrein.«

»Find ich jovel. Bis morgen dann, ja?« Der Hörer fiel in die Gabel. Ich war dem Liebestod noch einmal von der Schippe gesprungen.

Was soll ich sagen? Die Nacht der Eule endete wieder bei Katja, und diesmal blieb ich noch den ganzen Sonntag.

Katja besuchte mich nun immer, wenn es die knappe Zeit einer Medizinstudentin zuließ. Jedes Mal hinterließ sie bei mir eine Fülle von Eindrücken und Anregungen, denen ich den Rest des Tages nachhing. Manchmal besuchte ich sie zu Hause, was mir auch lieber war, denn Matze wechselte in ihrer Gegenwart von der feministischen Softischleimspur in die Abteilung: »Falls Tom dir Probleme macht, kann ich ja mal mit ihm reden. Übrigens bin ich bald auch Single.«

Es war, als wären wir füreinander geschaffen. Ich spürte, dass ich immer allein gewesen bin, bis sie in mein Leben tanzte.

»Deine Eltern sind beide tot?«, hatte sie ungläubig gefragt. »Du hast gar keine Geschwister oder andere Verwandte?«

Sie war sichtlich betroffen, als ich ihr meine Lage eines Abends im Suff geschildert hatte. Wie sie so mitleidig schaute, musste ich weinen, und sie nahm meinen Kopf mütterlich an ihre Brust, die mich nun plötzlich wärmte, ohne zu erregen. Sie ersetzte mir an diesem Abend die fehlende Mutter und ermunterte mich wie sonst vielleicht ein Vater. Unser Verhältnis erlangte eine neue Tiefe, die ich nicht für möglich gehalten hätte. Mein Leben aber wurde leicht wie Zuckerwatte. Ich schwebte auf einer rosa Wolke durch die Sommertage, getragen von der Liebe Duft. Alles schien sich jetzt von selbst zu regeln. Matze riss sich so lange vergeblich ein Bein aus, bis der Frust ihn wieder in die Weltverbesserung trieb, wo er neue Anwärterinnen fürs private Glück traf. Britta hatte ihre Garderobe gewechselt und fing an, sich gegen ihre Überzeugung zu schminken. Gerda suchte sichtlich den Kontakt zu Katja, was sie erheblich nachsichtiger mit mir werden ließ, wenn ich mal wieder eine der von ihr aufgestellten Regeln brach. Und ich schaffte es in die Vorlesung »Über das Glück«. Ich wurde stilles Mitglied in der Fachschaft Philosophie, was mir ein weiteres Semester Unterstützung durch den Staat bescherte. Keine Probleme also, bis eines schönen Tages ein Brief ins Haus flatterte.

Gerda hatte gerade ihren studentischen Club debattierfreudiger Linker mitgebracht, der mental irgendwo in einem Land zwischen Brokdorf und ASTA lebte. Wir saßen in der Küche, tranken pechschwarzen Kaffee und bereiteten die marxistische Revolution vor, die die 68er irgendwie verschlafen hatten. Es ging um Kernkraftwerke, Geschlechtergleichheit, die RAF, den Kapitalismus, das ganze Programm. Plötzlich kam Matze mit einem Brief von der Immobiliengesellschaft Horn KG herein, und man sah ihm an, dass nichts Gutes darin stehen konnte.

»Die wollen uns hier raus haben«, murmelte er.

Unsere Gesichter verdüsterten sich, und auf einmal war die Revolution ganz nah.

»Das kann nicht wahr sein«, keuchte Britta und verschüttete erst mal ihren Kaffee auf der geblümten Tischdecke, die Gerda der WG leihweise auf den Küchentisch gezaubert hatte. Ein Sturm der Entrüstung tobte durch unsere Küche, Pläne zur Hausbesetzung wurden geschmiedet und wieder verworfen, Anschläge auf die Immobilienfirma ausgeheckt, um sie dann wieder gegen öffentliche Aufrufe zum Mietboykott abzuwägen. Die Kreativabteilung erfand immer neue Beschimpfungen, und sie waren gerade richtig in Fahrt, als aus dem Flur Gerdas Verzweiflungsschrei zu hören war. Mit einer weiteren Hiobsbotschaft betrat sie die Küche.

»Jetzt ist auch noch die Waschmaschine im Arsch!«, nölte sie entnervt.

Das war das Zeichen zum Aufbruch. Die politische Linke

verließ geschlossen die Klausurtagung, und mit einem Schlag waren wir arme Lämmer, die ihr Haupt vor dem Wolf senkten. Jeder stirbt für sich allein! Dass mich keiner missversteht: Solidarität ist großartig, aber wir rechneten nicht wirklich mit einem Aufstand der Massen, wenn uns die Jungs vom Friesenring aus dem Haus tragen würden. Es stand einfach schlecht für uns kleine Mietschweine mit unseren noch kleineren Budgets.

Wir alle spielen Monopoly mit unterschiedlichen Anfangsbeträgen, aber ich spiele nicht mal mehr mit. Geld? Was ist das?

II

Es war ein brütend heißer, schwüler Tag im August. Nachdem ich als ersten Akt des Tages mein vom Sperrmüll zusammengetragenes Mobiliar zurück auf die Straße verfrachtet hatte, radelte ich zum Hauptquartier des örtlichen Anzeigenheftes, einem Copyshop in der Breiten Gasse, um pünktlich zur Ausgabe des Blattes die Wohnanzeigen zu durchforsten. Die neue Behausung sollte möglichst Altbau sein (wegen der Hochbetten), billig, zentral und mit Anschluss an einen Garten oder wenigstens Balkon. Die neuen Mitbewohner bekommt man bei solcherlei Anspruch in der Regel zwangsläufig mitgeliefert, und es versteht sich wohl von selbst, dass hier Kompromisse problematisch sind. Fazit: Wer solch exquisite Bedürfnisse hegt, sollte sich auf eine längere Suche einrichten, die er besser entsprechend früh beginnt.

Ich stand in einem Pulk Mitsucher, immer auf dem Sprung zur nächsten Telefonzelle, wo freilich einige schon ihre Freundin geparkt hatten, um als erste Treffs mit dem potenziellen Vermieter klar zu fahren. Natürlich hätte ich auch lieber wie Katja am Kanal gelegen und den präpubertierenden Jungs beim Entern der vorbeiziehenden Frachter zugeschaut. Aber ohne Not steht ja schließlich niemand in der Gegend herum. Bloß nicht wieder solche Immobilienheinis, die immer nur auf die Kohle starren und meinen, sie könnten jederzeit in deine Hütte stampfen, um nach dem Rechten zu sehen! Ich will eine nette, gehbehinderte Oma zur Vermieterin, die in Bielefeld oder sonst wo, aber nicht in Münster wohnt.

Jemand tippte mir auf die Schulter. Erst erkannte ich den Typ nicht, denn er sah echt geleckt und nach Kohle aus, ein Yuppie erster Güte.

»Tom, alter Schwede, was machst du denn hier?«

Normalerweise erkenne ich Leute schnell wieder, jedenfalls

wenn irgendwas Auffälliges an ihnen ist. Und dieser Typ sah mir ähnlich wie ein Zwilling, bis auf sein dämliches Grinsen. Da hängst du nichts ahnend in der Breiten Gasse ab, und plötzlich quatscht dich 'ne Kopie von dir an, die aussieht als hätte sie im Unterschied zu dir Karriere gemacht. Ich schaute meinem Klon eine Zeit lang verständnislos ins Gesicht, bis es mir langsam dämmerte. Richard hieß der Vogel und ist mit mir in die gleiche Grundschulklasse gegangen. Damals in unserem unschuldigen Legoland waren noch alle Kinder gleich. Ich hatte eine Treppenhäuser putzende Mutter, und dass Richards Vater Richter am Oberlandesgericht in Hamm war, bemerkte ich höchstens, wenn wir bei Richard spielen waren. Seine Mutter war dann immer in Rufnähe und versorgte uns mit frischem Kuchen. In der Schule wurden wir »die Zwillinge« genannt. In der vierten Klasse haben wir dann Blutsbrüderschaft geschlossen, so richtig mit Armaufritzen und Blutvermischen. Es war wirklich feierlich. Wir hockten in einem Waschkeller in Kinderhaus, damit uns niemand störte, und Richard fuchtelte mit dem langen Brotmesser herum, das er zu Hause entwendet hatte. Er schnitt sich in den Arm und sah mich dabei provozierend an, ohne mit der Wimper zu zucken. Die Wunde war nicht besonders tief, aber mich beeindruckte sein höchst indianisches Verhalten sehr. Ich fürchte, durch meine anschließende Schmerzreaktion fiel ich in seinem Ansehen auf das Niveau eines Bleichgesichts zurück. Kurz darauf, mit dem Ende der Grundschule, wurde Richard auf ein Internat geschickt und ich aufs Schillergymnasium, so dass sich unsere Wege trennten. Lange nagte in mir noch der kindliche Zweifel, ob nicht mein unmännliches Verhalten an unserer Trennung Schuld hatte. Da stand er also nun vor mir. Ich versuchte, locker zu bleiben.

»Hi, Richard. Lange nicht gesehen.«

Richard sah mich spöttisch an. »Nenn mich Richie Rich, Richard war einmal!«

Wir tauschten einige biographische Daten aus, während ich die Tür des Copyshops im Auge behielt. Jeden Moment müssten die Kartons mit den druckfrischen Heften herausgegeben werden. Richie hatte zwei Jahre in den USA verbracht, dort zwei Semester studiert und dann in einer Anwaltskanzlei in New Orleans hospitiert.

»Smith & Simpson, schon mal von gehört?«, fragte er. »Die versorgen die Reichsten der Reichen und werden dabei selbst immer reicher. Gib und dir wird gegeben werden, sag ich nur.«

Ich zuckte lässig mit den Schultern. »Geld ist nicht alles, Mann. Ich hab alles, was ich brauche, außer einer Hütte.«

Richie alias Richard sah mich mitleidig an. »Da hast du's schon: Mit dem nötigen Schotter hättest du längst deinen eigenen Palast und würdest hier nicht schwitzen. Andererseits hättest du dann auch mich nicht getroffen, und das wäre ja wirklich zu schade gewesen.«

»Über mangelndes Selbstbewusstsein brauchtest du ja noch nie zu klagen, Kollege«, antwortete ich knapp. Ich weiß gar nicht mehr, wie ich mit dieser Hohlnuss ausgekommen bin, aber als Kind hat man wohl noch nicht den klaren Blick und die geübte Urteilskraft, was Menschen betrifft.

»Hey!«, eine glänzende Idee flackerte in seinen Augen auf, »lass uns heute einen trinken gehen auf die gute alte Zeit! Ich zahle und helfe dir bei der Wohnungssuche. Keine Widerrede!«

In solchen Fällen empfiehlt es sich, schnell zu kalkulieren. Einerseits würde mich Richie zweifelsohne einen Abend lang nerven. Andererseits hatte ich jetzt schon einen ziemlichen Brand auf ein paar kühle Biere in lauer Sommernacht, und mit zunehmendem Konsum würde ich vermutlich eh auf Durchzug schalten. Er konnte mich zutexten, seine Profilneurose pflegen und zahlen, ein fairer Deal. Er zwinkerte mir zum Abschied zu, bevor er in der unruhigen Studentenansammlung verschwand. Gerade hatte die wöchentliche Schlacht um das ideale WG-Zimmer begonnen.

Wir trafen uns um acht vor der Destille. Die Kneipe liegt im Kuhviertel, das in der Woche vor allem von Studenten frequentiert wird. Er wartete schon vor der Tür, um mir sein supernagelneues Rennrad zu zeigen, auf das er mächtig stolz war. Es hatte ein ziemlich aufgedonnertes Design, schnittig mit einem gelben Blitz auf dem leichten Aluminiumgestell. Er stellte das Heiligtum an die Mauer, nicht ohne vorher noch mal den Preis zu nennen.

Die Destille ist der richtige Ort für ein gepflegtes Besäufnis. Schon gut, ich weiß, es klingt ganz so, als wäre ich ein Alkoholiker. Vermutlich bin ich einer, aber damals konnte ich mich noch nicht dazu aufraffen, dieser Sache ins Gesicht zu sehen. Katja schien das nichts auszumachen, und das gefiel mir natürlich. Ich interpretierte das als Toleranz.

Wir saßen an der Theke und ließen das kalte Nass durch die durstigen Kehlen fließen. Mein erster Eindruck hatte nicht getäuscht. Der Mann hatte ein echtes Problem. Vor meinem geistigen Auge sah ich einen Pfau auf und ab stolzieren, immer wieder sein Rad schlagend und umherschauend. Von Zeit zu Zeit jedoch wandte er sich plötzlich an mich, fragte dies und das über meine Lebensumstände, über die ich nur zögerlich berichtete, und dann ließ er auch schon wieder ab. Neue Storys über sein ach so erfolgreiches Studium folgten, bis er mir augenzwinkernd in die Rippen stieß und nach meinen Frauengeschichten fragte. Ich war am Zug, doch ohne Lust, von Katja zu erzählen. Was ging das diesen eitlen Hahn an? Ich nuschelte irgendetwas aus tausendundeiner Nacht, und er begriff langsam, dass ich nicht wollte. So verlegte er sich wieder aufs Autobiographische. Schon bald brauchte ich mir nicht mehr die Mühe zu machen, jeder seiner Erfolgsgeschichtchen aus den Vereinigten Staaten zu folgen – es genügte ein bewundernder Blick, ein Grunzer, der ihm meine ungeteilte Aufmerksamkeit anzeigte, und eine neue Erfolgsstory aus New Orleans plätscherte an mein Ohr. Aber ich konnte mich nicht beschweren: Pünktlich, wann immer der Quell versiegte, kündigte ein frisch gezapftes Pils das Ende jeglicher Spekulation an.

Die Destille leerte sich langsam, und mein Wohltäter hatte nun einen Pegelstand erreicht, der es ihm leider nicht mehr ermöglichte, artikuliert zu sprechen. Er hatte in der letzten halben Stunde sabbernd versucht, auf echten Kumpel zu machen, mir private Geständnisse oder so etwas zu entlocken. Vielleicht hatte er geglaubt, der Alkohol mache mich gesprächiger. Aber ich wollte ihm nichts über Katja und die Zimmersuche erzählen, sondern einfach nur trinken. Richie hatte sich definitiv übernommen, lallte was von kein Vertrauen und wie enttäuscht er wäre. Dann zückte er sein Portemonnaie und fischte einige Scheine heraus. Der Gute zahlte mit dümmlich überlegenem Grinsen. Sein Ton wurde energisch. Er müsse nun aber wirklich gehen, und ich wäre immer noch der gute alte Tom, der eine Hütte sucht. Dann drückte er mir ein paar Dollars in die Hand und torkelte zur Tür hinaus. Für einen kurzen Moment nahm ich wahr, dass es draußen auf das Kopfsteinpflaster regnete. Er hatte beide Deckel bezahlt, und ich hielt zwanzig amerikanische Dollars in der Hand. Ich fühlte mich ein bisschen schäbig, aber auch erfolgreich. Vielleicht wie eine Nutte beim Geldzählen oder ein Psychologe beim Durchblättern seiner Kontoauszüge. Pekunia non olet, Geld stinkt nicht, sagte meines Wissens schon Vespasian, als er die römischen Toiletten besteuerte. Der freundliche Mann hinter der Theke akzeptierte sofort meinen noch freundlicheren Umrechnungskurs, so dass sich die Dollars noch in derselben Nacht verflüssigten. Auch draußen goss es in Strömen. Der Wind presste den Regen prasselnd an die kleinen Scheiben, und Donner rollte über die Stadt. Die Stühle wurden bereits hochgestellt. Ich beschloss, Katjas Wohnung im Kreuzviertel anzusteuern. Ich würde mich hereinschleichen, mich ausziehen, zu ihr ins Bett steigen und als sattes Baby einschlafen. Das war mein Plan.

Ein hochsommerliches Gewitter ging über der Stadt nieder. In Sekunden waren Jeans und T-Shirt durchnässt. Vor mir flog eine nasse Einkaufstüte durch die Gasse in Richtung Sparkassenfiliale. Es blitzte in der Ferne grell auf, und Sekunden später folgte wieder das dumpfe Grollen, das einem die eigenen vier Wände so gemütlich macht. Zum Glück war es nicht kalt. Ich ließ mich also in stoischer Tradition klaglos nass regnen, ohne zu hetzen und würdig, wie schon der junge Nietzsche vom Kirchgang kam. Ich ging zum Weibe, ohne Geld und auch ohne Peitsche, dafür aber mit der Hoffnung auf freundlichen Unterschlupf. Ich war der Marlboromann, eins mit der Natur und meiner Zigarettenmarke. Die Promenade, deren Wall ich mit ungewohnter Mühe erklommen hatte, wankte unter meinem Schritt. Da vorn war schon der gute alte Buddenturm zu sehen – auch leicht schwankend. Stockduster hob er sich vom blitzerhellten Firmament ab wie ein Scherenschnitt und verschwand gleich wieder im schwarzen Nichts. So torkelte ich unter den Bäumen entlang, fest entschlossen, noch vor dem Morgengrauen Katjas Futon zu erklimmen. Ich hatte gerade meine erste Zielmarke, den Buddenturm, erreicht, als ich im Gebüsch Richies Fahrrad liegen sah. Es war dunkel, aber ich konnte deutlich den gelben Blitz auf dem Alugestänge erkennen, der mich phosphoreszierend anleuchtete. Ich pirschte näher heran, auf alles gefasst, wie ein Wildhüter an ein verletztes Tier. Sagte ich: auf alles gefasst? Erst sah ich nur Richies Kopf im Rhododendronstrauch. Er hatte die Zunge rausgestreckt und sah verdammt leblos aus. Der Körper lag zusammengekrümmt auf der Seite und regte sich nicht. Schlagartig wurde mir übel. Mein Puls pochte gegen die Schläfen, der Boden drehte sich. Dann spürte ich einen heftigen, stumpfen Schmerz im Hinterkopf, und weg war ich.

III

»Ihr Freund hat ein leichtes Schädeltrauma, nichts Gefährliches«, sagte eine Frauenstimme in gedämpftem Ton. »Wir haben ihn geröntgt. Ist nur eine Platzwunde.«

Dann hörte ich Katja: »Wie ist denn das nur passiert?«

»Er lag auf der Promenade nicht weit vom Buddenturm. Ist wohl hingestürzt.« Der sanfte Ton wurde härter: »Ihr Freund hatte über zwei Promille im Blut.«

»Und er ist gestürzt?«

»Das nehmen wir an. Ein paar Jugendliche haben den Notarzt verständigt. Ihr Freund hatte erbrochen und diese Platzwunde am Kopf.«

Ich blinzelte vorsichtig. Grelles Licht durchflutete den Raum, der in einem unverbindlichen, hellen Grün gestrichen war. Es roch verdächtig nach Krankenhaus. Katja beugte sich über mich.

»Hallo, Tarzan«, flüsterte sie, »wieder unter den Lebenden?«

Ich lächelte schwach. Sprechen mit dickem Schädel kann ziemlich anstrengend sein. Die andere Frau hatte das Zimmer verlassen, und Katjas zartes Madonnengesicht schaute mich milde an. Es hätte der Himmel sein können. Die Vertreibung aus dem Paradies folgte jedoch auf dem Fuß, als ich ein tiefes Räuspern vernahm, das eindeutig nicht Katja zuzuordnen war. Ich drehte meinen bandagierten Kopf auf dem Kissen und sah einen Opa am Tropf, der nun zu schnarchen begann. So gut es eben ging, erzählte ich Katja von Richie. Sie schaute mich ungläubig an, als ich auf meinen nächtlichen Fund zu sprechen kam, aber sie widersprach nicht. Das machte mich kirre! Entweder sie glaubt mir, dann soll sie nicht so gucken, oder sie glaubt mir nicht – dann soll sie es sagen!

»Schlaf jetzt erst mal«, war ihr Kommentar, als ich geendet hatte, »du hast viel zu viel getrunken.«

Das war genau der Kommentar, den ich jetzt brauchte! »Verdammt, ich mein es ernst! Richie ist tot, und ich hab seine Leiche gefunden!«

Der Opa erwachte mit einem Schlag und klingelte aufgeregt nach der Schwester. Katja hielt den Zeigefinger vor die Lippen, während sie mit der anderen Hand beruhigend über mein Haar strich.

»Schlaf, mein Liebling, schlaf.«

Es sollte mir auch am nächsten Tag nicht gelingen, sie zu überzeugen. Sie meinte, ich hätte Halluzinationen gehabt, wilde Phantastereien, hervorgerufen vielleicht durch einen unbewussten Neidkomplex oder so ähnlich. Mann, das Letzte, was ich jetzt brauchen konnte, war eine Medizinstudentin im zweiten Semester auf dem Psychologietrip. Ich wollte jetzt eine knallharte Journalistin oder so was, die recherchiert und den Mund nur öffnet, um harte Fakten auszuspucken. Eine Freundin, die nicht an mir rumdoktert, sondern mir einfach glaubt! Aber das war wohl ein bisschen zu viel verlangt.

Nach drei Tagen wurde ich endlich aus dem Evangelischen Krankenhaus entlassen. In den Westfälischen Nachrichten und in der Münsterschen Zeitung stand nichts über mein nächtliches Erlebnis. Mein erster Weg führte zum Buddenturm, doch dort fand ich nichts, was mir hätte weiterhelfen können: Blut, Haare, ein Messer, irgendwas – aber nichts war da, was als Indiz getaugt hätte. Der Regen hatte alles fortgespült. Keine Spuren, kein Mord?

Und die Bullen? Würden sie mir die Geschichte glauben, wenn schon meine Liebste den Leichenfund in Frage stellte? Und wenn sie mir glauben würden, stünde ich nicht ganz oben auf der Liste der Verdächtigen? Ich konnte mich einfach nicht dazu durchringen, die Polizei einzuschalten.

Kaum war ich in meiner WG in der Schillerstraße, als ich auch schon meine Noch-Mitbewohner löcherte, ob Richie angerufen hätte.

»Wer is'n das?«, wollte Britta wissen, und am liebsten hätte ich gesagt, dass das der Tote sei, den ich noch vor Dreitagesfrist im Promenadengebüsch entdeckt hatte. Aber die Reaktion von Britta musste ich mir nun wirklich nicht mehr antun.

»Ein alter Schulkamerad. Hab ihn kürzlich getroffen.« Kein Anruf. Wie erwartet. Ich kramte nach dem Telefonbuch und siehe da – ich hatte Glück. Kein Straßenname, aber Richies Nummer deutete nicht gerade auf das Armenviertel Münsters: Irgendwo Ecke Mondstraße musste er zuletzt gewohnt haben. Ich ließ es lange durchläuten und hätte auf der Stelle einen Entzug beantragt, wenn er abgehoben hätte. Hat er aber nicht. In der ganzen folgenden Woche nicht.

Ich fühlte mich verdammt allein – nicht nur in dieser Sache. Meine Mitbewohner, etwa zehn Jahre jünger und gerade im Begriff, ihre Zelte woanders aufzuschlagen. Die Kommilitonen meiner glorreichen Studienzeit waren längst in alle Winde verstreut, um Karriere zu machen, Familien zu gründen und in Ehren zu ergrauen. Irgendwie, das wurde mir damals deutlich, bin ich in meiner Studienzeit stecken geblieben, und auch meine süße, junge Zweitsemestlerin würde sich vermutlich eines Tages in einen smarten Assistenzarzt verlieben, Kinder und Besenreißer kriegen: The end! Aus! Finito! Am Ende würden mich nur noch die Angestellten der Mensa grüßen, und das auch nur aus Mitleid.

Meine Sinnkrise beendete erst eine kurze Notiz in der Münsterschen Zeitung. »Vermisst wird seit dem 28. August R. Müller. Der Student der Rechtswissenschaft und Sohn des Richters am Oberlandesgericht Hamm wurde zuletzt in der Breiten Gasse gesehen. Von dort verliert sich die Spur. Sachdienliche Hinweise bitte an alle Polizeidienststellen.« Ich wollte gerade mein Frühstücksei abpellen, doch nun kam die Guillotine. Das Messer schnellte durch die Luft und köpfte das Ei im goldenen Schnitt.

»Lies das mal«, triumphierte ich und reichte ihr die Seite herüber. Katja errötete leicht. Sie kniff die Augen zusammen und überlegte irgendwas.

»Von wegen Halluzination«, setzte ich nach, »Richie ist tot, und ich hab ihn zuletzt gesehen.«

»Kann gar nicht sein«, erwiderte sie in einem provozierend gleichgültigen Ton, »dann wäre die Leiche ja noch da gewesen. Es muss ihn noch jemand gesehen haben.«

»Okay, ich korrigiere: Ich habe ihn als Zweitletzter gesehen, Mrs. Spock, aber vielleicht war der Mörder ja auch blind.«

Von Natur bin ich ein Lamm, aber wenn man mich reizt, kann ich zum Löwen werden. Und die Schöne war eben dabei, das Biest zu wecken.

»Hier steht nur, dass R. Müller verschwunden ist. Von Mord- und Totschlag lese ich nichts, mein Lieber«, schallte es relaxed in mein Ohr, während sie säuberlich Erdbeermarmelade auf ihrer Brötchenhälfte verstrich. Das war zu viel! Ich sprang auf.

»Weißt du, liebste Katja. Schönheit ist nicht alles. Ich habe keine Lust auf eine ungläubige Freundin, die mir konsequent misstraut.«

Eine Demonstration der Entrüstung war angezeigt. Mein Weg zur Wohnungstür wurde lang und länger, aber sie rührte sich nicht in ihrer kleinen Küche. Es tat mir im Herzen weh, doch ich hatte nun einmal diesen Weg eingeschlagen. Ich verspürte nicht die geringste Lust, meinen Standpunkt durch wachsweiche Erklärungen zu verwässern. Sie musste lernen, dass echte Partnerschaft auf Vertrauen basiert, oder sogar auf Liebe. Ich drückte die Klinke ihrer Wohnungstür herunter und lauschte. Kein Mucks war zu hören. Ich trat auf den Hausflur und ließ die Tür hinter mir ins Schloss fallen. Die Putzfrau hatte einen schimmernden Film auf dem Steinboden hinterlassen, der nach chemischem Reiniger roch, und oben unterhielten sich zwei Nachbarsfrauen. Nie fühlte ich mich so allein wie in diesem Augenblick. Reiß dich zusammen, Mann! Energisch schritt ich die Treppen hinab und trat in das helle Licht des Vormittags, das sich im Blattwerk der Bäume brach.

Ich hatte einen Toten gesehen, aber niemand – jetzt war ich sicher – würde mir glauben. Schließlich waren keine Spuren am Fundort und ich dazu stockbesoffen gewesen. Sollte ich die Sache auf sich beruhen lassen? Dann hätte ich Richies Leiche, die sich mir in jener Nacht eingeprägt hatte, verdrängen müssen. Das würde mir auf die Dauer niemals gelingen.

Sollte ich meiner Umwelt das Wahrheitsmonopol überlassen? Ich spürte die Unmöglichkeit, denn das hätte bedeutet, dass ich meinen eigenen Wahrnehmungen nicht mehr trauen konnte.

Ein mir bis dato unbekannter Ehrgeiz, die Wahrheit ans Licht zu bringen, erwachte im Philosophiestudenten und ließ mich überlegen. Wie wäre es, wenn ich Richies Eltern besuchte? Schließlich war er ja mal mein Klassenkamerad gewesen, und seine Mutter würde sich bestimmt erinnern. Ich könnte mich umschauen und Sherlock Holmes spielen. Watson, sehen Sie, was ich sehe? Was, Sie haben nicht bemerkt, dass eine blutige Kruste Vaters Brieföffner ziert?

IV

Ich hatte die Adresse richtig erinnert. Das Klingelschild verkündete in goldener Schnörkelschrift, dass hier Richter Dr. Müller wohne, und ein Aufkleber darunter, dass man im Übrigen vor dem Hund warne. Die Villa lag im Grünen, so dass ich mit dem Rad hingefahren war und dabei die noble Gegend bewunderte. Überall opulente Gärten mit exotischen Pflanzen, so weit das Auge reichte. Vielleicht hätte ich ja Jura studieren sollen, wie Richie. Nie wieder Geldsorgen und den Schiedsrichter machen. Es gibt wirklich Schlimmeres, als sich den Hintern über den Sünden der lieben Mitmenschen platt zu sitzen. Ein wohlklingender Glockenton ließ den Hund anschlagen, und eine Frauenstimme redete beruhigend auf ihn ein. Die schwere Tür öffnete sich einen Spalt. Heraus schaute eine Frau um die vierzig mit einem gelben Putzlappen in der Hand. Sie stutzte einen Moment. Vielleicht meine Ähnlichkeit mit Richie.

»Ja, bitte?«

»Entschuldigen Sie, ich bin ein alter Schulfreund von Richard und möchte ihn besuchen.«

»Hier ist zurzeit niemand. Frau Müller kommt erst gegen sechzehn Uhr nach Hause. Vielleicht kommen Sie dann wieder.« Die Tür wollte sich gerade wieder schließen, als der Schimanski in mir hochkam. Eine Sandale landete ohne meinen Fuß darin gezielt zwischen Tür und Zarge. Die Frau schrie kurz auf, als ich mich in den aufgedrückten Spalt drängte. Ich erschrak über mich selbst. Hausfriedensbruch bei einem Richter! Das musste ich irgendwie geradebiegen.

»Es ist wirklich sehr dringend. Ich bin ein Freund von Richard und weiß etwas über seinen Verbleib. Er wird doch vermisst!«, rief ich aufgeregt.

Die Frau zögerte kurz. Dann öffnete sie die Tür. »Gut, kommen Sie rein. Sie können hier auf Frau Müller warten.«

Ein Münsterländer trottete herbei und beschnüffelte mich ausgiebig, als ich in der Diele Platz nahm und mich umschaute. Gediegener Stil, einige Bücher im Regal, unter anderem »Japanische Teezeremonien«, eine Vase mit Zierstrauch und ein Panoramafenster zum Garten hin. Eine Uhr von anno dazumal tickte eintönig an der Wand. Der Hund tapste wieder davon, und die Frau stellte mir einen Kaffee auf den Tisch.

Warten ist nicht gerade meine Stärke. Kaum hatte die Haushälterin den Raum verlassen, stand ich auf für eine kleine Expedition. Ich versuchte mich zu erinnern. Wo war bloß Richies ehemaliges Kinderzimmer? Irgendwo oben, glaubte ich.

Vorsichtig öffnete der Ermittler die Glastür, die einen verheißungsvollen Blick auf die Treppe erlaubte. Die Marmorstufen waren in ein Metall gefasst, das zum Glück keine Geräusche machte. Ich stockte: Von unten hörte man einen Staubsauger anspringen. In der Diele hatte nur ein kleiner Läufer mit japanischem Motiv gelegen; nicht sehr wahrscheinlich, dass meine Abwesenheit schon entdeckt worden war. Vorsichtshalber legte ich mir eine Ausrede zurecht: Die eilige Suche nach dem WC schien nicht originell, beruhigte mich aber. Ich pirschte voran wie ein Vietcongkämpfer, immer auf der Hut und den Finger am Abzug. Die Treppe grenzte an einen Flur mit einer Menge Türen zu beiden Seiten und einem großen Fenster am Ende. Das helle Sommerlicht ließ den Marmor spiegeln. Zwischen den Türen hingen Bilder mit moderner Malerei.

Ich horchte kurz an der ersten Tür und öffnete sie dann vorsichtig. Ein kleines Fenster mit blauen Jalousien davor rief mir zu: »Dies ist das Badezimmer, du Depp«, und die goldenen Hähne an der Badewannenseite nickten beifällig. In diesem Moment hörte ich das Trappeln von Hundepfoten auf der Marmortreppe. Ich sprang in Deckung und schloss die Tür von innen. Da stand ich nun im Halbdunkel eines fremden Badezimmers und hoffte darauf, dass der Haushund seine Pläne änderte. Er aber schnüffelte in aller Seelenruhe und ausgiebig am Türspalt und schien unentschlossen, ob er nun bellen sollte oder nicht. Die Minuten vergingen. Schließlich gab er einen kurzen Laut von sich, als wollte er sagen: Du hast genug geschwitzt, ziehe in Frieden. Als er nicht mehr zu orten war, machte ich mich rasch auf den Rückweg, denn der Hund hatte mich wertvolle Zeit gekostet, und ich wollte nicht in den Verdacht der Schnüffelei geraten, bevor ich auch nur ansatzweise etwas entdeckt hatte, das mir weiterhelfen konnte.

Ich konnte gerade noch die Glastür schließen und meinen Platz einnehmen, als auch schon die Haushälterin mit Frau Doktor ins Zimmer trat.

»Richard, mein Junge!«, rief die Dame des Hauses entzückt und schickte sich an, mich anzuspringen, als sie im letzten Moment ihren Irrtum bemerkte.

»Wer sind Sie denn?«, fragte sie unwirsch.

Frau Müller hatte sich sehr verändert. Ich hatte sie als eine Reklamemama in Erinnerung, immer lächelnd, gut gelaunt und nur dem einen Lebensziel verpflichtet, uns Kinder glücklich zu machen. Dabei freilich stets hübsch frisiert und mit großen Bambiaugen. Davon war allerdings nicht viel übrig geblieben. Ihre Augen waren glanzlos und ihr Mund verbittert. Sie schien geschrumpft.

»Entschuldigen Sie bitte, ich bin Tom. Richard und ich sind zusammen in die Grundschule gegangen. Vielleicht erinnern Sie sich ja an mich. Wir haben hier oft zusammen gespielt. Ich habe erfahren, dass Richard vermisst wird, und da wollte ich mich bei Ihnen melden.«

Ihr Ton wurde etwas freundlicher. »Mein Gott ja, der kleine Tom. Sie sind aber groß geworden.«

Ich lächelte freundlich und freute mich für einen Moment sogar wirklich, dass sie sich an mich erinnerte. Ihr Mundwinkel zuckte kurz, während sie mich traurig anschaute.

»Wie ähnlich Sie meinem Richard immer noch sind. Wir machen uns große Sorgen um unseren Sohn. Er war eben erst aus den USA zurück mit blendender Beurteilung. Dann ist er verschwunden. Wissen Sie, wo er ist?«

Was sagt man einer hoffenden Mutter, wenn man ihren Sohn tot im Rhododendronstrauch gesehen hat? Solche Hiobsbotschaften überbringt eine einfühlsame Kommissarin oder ein Actionheld, dem die Augen feucht werden, aber kein versoffener Langzeitstudent.

»Ich war mit ihm in der Destille, aber er ist vor mir gegangen. Tja, und dann …« Ups, ja was dann? »Tja, und das war's eigentlich schon.«

Ihr Mutterinstinkt war geweckt. »Sie wollten noch was sagen, Tom?«

»Nein, eigentlich war's das schon.«

Sie war angespannt und schaute mir tief in die Augen. »Wissen Sie, mein Mann hatte schon recherchiert und herausgefunden, dass er mit einem verwahrlosten jungen Mann im Kuhviertel gesehen worden war. Die Polizei tut nichts in unserem Fall. Sie sagt, dass Richard ein erwachsener Mann sei, der hingehen kann, wohin er will. Sie haben sein Verschwinden in die Akten aufgenommen, aber es liegt kein Hinweis auf ein Verbrechen vor. Mein Mann hat seinen ganzen Einfluss geltend gemacht, aber keiner dieser Herrschaften fühlt sich zuständig. Kein Verbrechen, keine Suche. So einfach ist das. Wir hatten nun gehofft, über Anzeigen etwas zu erreichen, aber ohne Erfolg. Darum frage ich Sie, und ich bitte Sie, ganz offen zu sein: Hat er Ihnen irgendeinen Hinweis gegeben, dass er unglücklich ist oder vielleicht heimlich fortziehen wollte? Hat er Ihnen irgendetwas gesagt?«

Ich versuchte, ihrem Blick standzuhalten. Man muss sich ja nicht gleich in Teufels Küche bringen durch eingebildete tote Söhne oder so etwas. Ich wollte nur etwas herausfinden, und nun wurde ich selbst ausgepresst wie eine Zitrone. Meine Stimme, das wurde mir klar, musste jetzt ruhig, fest und unschuldig wie das Mäen eines Osterlamms klingen.

»Nee, er wirkte ganz froh über seine Karriere. Er freute sich, mich wieder zu sehen, aber seine Pläne hat er mir nicht verraten.« Zumindest erinnerte ich mich nicht daran.

»Haben Sie sich auch nicht verabredet?«

»Nein. Er versprach nur lose, mir bei der Wohnungssuche zu helfen.«

Frau Müller schaute bedrückt. Dann lächelte sie mich an.

»Sie haben Ihren Kaffee ja gar nicht angerührt.«

»Ja, ich wollte nicht unhöflich sein. Aber Kaffee schlägt mir auf den Magen.«

Madame wandte sich zum Faktotum: »Rosa, bringen Sie uns bitte Tee und das Gebäck, ja?«

Rosa nickte beflissen und verschwand.

Frau Müller senkte verschwörerisch ihre Stimme: »Wissen Sie, Tom, ich habe Vertrauen zu Ihnen. Sie hatten damals einen guten Einfluss auf meinen Sohn, und er hat auch später noch oft von Ihnen gesprochen. Ich war letzte Woche in Richards Wohnung.«

Rosa kam wieder, um das Angewiesene aufzutischen. Edles Porzellan und ein Hauch von Gebäck. Und schon war sie wieder weg.

»Hören Sie mir zu, Tom?«

Ich schrak auf und nickte.

»Ich habe dort ein Foto von einem Mädchen gefunden. Hatte Richard vielleicht eine Freundin?«

»Nicht dass ich wüsste.«

Wüsste ich nicht, dass es um Richies Tod ging, wäre ich nun ganz abgetaucht, denn das Ganze hier bekam für mich den Flair eines gepflegten Kaffeeklatsches. Mir ging diese Fragerei langsam auf die Nerven. Schließlich war ich der Kommissar und sie die Zeugin. Wen interessieren Richies Frauengeschichten? Dies war der Moment, sich vom Acker zu machen. Keine Fragen mehr. Was hatte ich hier eigentlich zu suchen? Wenn man es genau nimmt, nichts, denn schließlich wusste ich nur unwesentlich mehr als sie, und Richies Tod ging mich gar nichts an. Was heißt eigentlich wissen? Musste ich dieser Zitronenpresse auch noch die letzten Infos durchreichen? Die Welt ist, was der Fall ist, und ich glaubte nur, gesehen zu haben. Was ich glaubte, gesehen zu haben, würde ihr Mutterherz nur zerbrechen. Und dann würde sie mich als Hauptverdächtigen zu den Bullen schleifen. Die würden mich in die Mangel nehmen. Wie das sein kann, wusste ich schon von anderen Gelegenheiten wie zum Beispiel der AKW-Demo in Brokdorf. Darauf konnte ich gut verzichten.

»Darf ich Ihnen das Foto zeigen? Vielleicht kennen Sie das Mädchen ja.«

Ich hatte Richie an jenem Abend nicht wirklich zugehört. Natürlich hatte er auch irgendwelche Weibergeschichten zum Besten gegeben. Mich hatten sie nicht interessiert. Frau Müller hatte aber wohl nur der Form halber gefragt, denn schon hielt sie mir das Foto unter die Nase. Für einen Moment wich mir das Blut aus den Adern. Die Frau war Katja.

»Kennen Sie die junge Frau?«

Jetzt bloß keinen Fehler machen. Du warst in deinem Leben stets vorsichtig, hast dich selten verplappert und musst jetzt nicht wegen Richie deinen Kurs ändern.

»Äh, ja. Richie erzählte mir von einer Frau, die so ähnlich ausgesehen hat. Eine Amerikanerin, die er in der Kanzlei in den USA kennen gelernt hatte. War 'ne kurze Affäre, aber er hat sehr von ihr geschwärmt.«

Na bitte, ein gelungener Return – zwar gelogen, aber eine Notlüge. Frau Müller seufzte. Dann griff sie nach Bleistift und Papier.

»Wollen Sie mir vielleicht Ihre Telefonnummer geben?«, fragte sie freundlich. »Ich könnte Ihnen Bescheid geben, wenn wir etwas erfahren haben.«

Sei konsequent, Tom. Du hast dich schließlich als Richies Freund ausgegeben. Dankbar nahm sie meine Nummer entgegen, doch dann verdüsterte sich ihr Gesicht. An der Glastür kratzte der Münsterländer und fiepte. Mehr zu sich selbst als zu mir murmelte sie ärgerlich etwas von dem Hund, der normalerweise nicht nach oben kann wegen der besagten Glastür, die immer für ihn geschlossen bleiben müsse wegen ihrem Mann, und dass die Haushälterin wohl nicht aufgepasst hätte. Es wurde eindeutig Zeit für mich zu gehen.

Tiefes Durchatmen, als ich endlich wieder im Freien war. Sperlinge zwitscherten trotz der Schwüle munter in der wuchtigen Hecke, die das Grundstück der Müllers umgab. Was zum Teufel hatte Katja auf diesem Foto zu suchen? Ich hatte versucht, mir das Bild genau einzuprägen: im Hintergrund bunte Maskerade und Luftschlangen in einem Partykeller oder einer Kneipe. Sie selbst in einem schulterfreien Katzenkostüm und mit gemalten Schnurrbarthaaren im Gesicht. Wie sie in die Kamera lachte! Muss ein lustiger Augenblick gewesen sein.

V

Als ich in die Schillerstraße kam, war Gerda gerade am Packen. Sie hatte ihren Umzug für morgen organisiert und mich zusammen mit ihrem Freund fest für die schweren Schränke vorgesehen, die sie sich unerklärlicherweise angeschafft hatte. Nebenbei erwähnte sie, dass Katja mehrere Male angerufen habe. Wenn ich die Lage richtig einschätzte, hatte ich die Wahl zwischen einem schweißtreibenden Schwertransport und der Recherche bei einer hübschen, sexy Frau, die zumindest bis heute Morgen meine Freundin gewesen war. Ich griff zum Telefon und rief sie an.

»Tom?« Ihre Stimme klang süß und verheult. Jetzt bloß nicht gleich weich werden.

»Ich liebe dich«, sagte eine sanfte Stimme in den Hörer, die ich als die meine identifizierte.

»Tom, es tut mir Leid. Du hast ja Recht. Wer, wenn nicht ich, soll dir denn das glauben. Ich versteh mich selbst nicht. Entschuldige bitte.«

Komisch eigentlich, dass man sich manchmal etwas sehnlichst wünscht, und wenn es dann eintrifft, lässt es einen relativ kalt. Es ist vielleicht alles eine Frage des richtigen Augenblicks. Ich verspürte den kaum zu zügelnden Drang, die Sache mit dem Foto aufzuklären.

»Können wir uns sehen?«

»Ich habe um sechs meine Pathologievorlesung, aber ich möchte dich gern noch vorher treffen. Wie wäre es gleich im Schlossgarten?«

»Ich fliege.«

Wir nutzten seit einiger Zeit den Park des barocken Schlosses als festen Treffpunkt zwischen ihrer Wohnung und der Uniklinik. In diesem schönen Ambiente hatten wir oft knutschend auf dem Rasen gelegen, umgeben von wildromantischer Flora, Münsterländer Barock und Pavillon. Kein Wunder, dass Katja mich hier wieder sehen wollte, wenn ihr der Sinn nach Versöhnung stand. Dort lehnte sie auch schon an der hohen Eiche vor unseren eingeritzten Namen und blinzelte mich lächelnd an. Schon war ich bei ihr. Meine Zunge schob sich tief in ihren saugenden Mund, ohne dass ein Wort der Annäherung vorangegangen wäre. Als sich unsere Münder lösten, wollte ich von meinem Erlebnis und dem Foto berichten, aber sie hielt ihren Zeigefinger bedeutungsvoll vor meine Lippen und schaute mir tief in die Augen. Ich hielt einen Moment inne. Eine Rosenduftwolke schwebte vorüber und betörte mich, als hätte ihr hypnotisierender Blick nicht ausgereicht. Dann sagte sie leise und ruhig:

»Du wirst Vater, Tom.«

Das Ganze nahm langsam irreale Züge an: Du wirst Vater, Tom. Das ist wie: Du bekommst das Bundesverdienstkreuz, Tom. Du hast sechs Richtige im Lotto, Tom. Das Volk will dich zum Bundeskanzler, Tom. Du darfst meine beste Freundin vögeln, Tom. Schon gut. Das alles könnte passieren, aber wahrscheinlich ist es nicht.

Ich wollte etwas Intelligentes sagen, etwas, das sich jede Frau unter diesen Umständen wünscht und das sie mir nie würde vorwerfen können.

»Ist ja toll.«

Das klang leider nicht so überzeugend, wie es gedacht war. Katja schmunzelte verliebt und hängte sich an mich, als wäre sie bereits kurz vor der Niederkunft. Heilige Momente wie dieser liegen mir nicht, aber ich erkenne sie wenigstens und halte dann immer erst mal den Mund. War das wirklich Katja gewesen auf dem Foto?

Katja schaute auf ihre Uhr. »Ich muss in die Vorlesung, Tom.«

Das klang wie: Halt mich bitte davon ab, in die Vorlesung zu gehen.

»Kannst du sie nicht sausen lassen?«

»Einer muss doch später das Geld verdienen«, spöttelte sie fröhlich und löste sich aus der Umarmung, »aber ich würde mich freuen, dich heute Nacht bei mir wieder zu sehen. So um elf?«

Mein Kuss auf ihren gespitzten Mund besiegelte unsere Verabredung. Die Sache mit dem Foto musste ich erst mal vertagen. Die ganze Situation vertrug kein Misstrauen. Also winkte ich ihr hinterher, als ihr Fahrrad über das Kopfsteinpflaster davonholperte. Ihr langes, blondes Haar wehte ein bisschen verklebt durch die Schwüle dieses denkwürdigen Tages. Ich werde Vater. Der zugehörige Stolz kroch langsam, stetig, unaufhaltsam meine Brust herauf. Vielleicht ist Vaterstolz auch mehr eine Art Licht am Horizont, das einem eine Zukunft verheißt. Plötzlich fand ich die Waltons gar nicht mehr so übel. Warum nicht in einer harmonischen Familie leben?

VI

Der große bunte Wecker mit der Mörderschelle obendrauf zeigte halb elf an. Ich schloss die Fenster, als ein Platzregen Katjas Fensterbank erreichte, und ließ mich dann wieder auf ihren Futon fallen. Ihre Fenster waren immer geputzt, so dass man jetzt dank der hellen Nacht den Wolken beim Schwof zur Melodie von »Wild horses« zuschauen konnte. Mein Blick wanderte durch ihr geräumiges Zimmer. Da war ein Bücherregal mit Medizinliteratur, ihre nicht unerhebliche Plattensammlung mit dem amtlichen Hifi-Turm, ein Brett mit Notizen und einer Karte von einem Grobschnittkonzert im Jovel daran. Neben dem Fenster hingen luftige Vorhänge mit indischem Schlangenlinienmuster. Vor dem breiten Fensterkreuz wirkte der Jungmädchenschreibtisch ein bisschen deplatziert. Dort herrschte, anders als sonst, das kreative Chaos mit einer Zettelwirtschaft, deren Ausläufer auch die Fensterbank in Anspruch nahmen, auf der außerdem nur eine Rose von mir ihrem Ende entgegentrocknete. Die Stones wechselten gerade zu »Can't you hear me knocking«, als die Tür sich öffnete und die lang Ersehnte ihr Gemach betrat. Sie war den lieben langen Tag unterwegs gewesen und immer noch wunderschön. Ihre grünen Augen funkelten mich begehrlich an, während sie ihre Tasche aus reiner Jute abstellte. Sie riss das Fenster auf und schob die Zettel mit einer weiten Bewegung zurück auf die Schreibtischfläche. Die Tür öffnete sich wieder, und ich hörte die Klospülung. Dann klapperte sie in der Küche und kam mit einer Kerze zurück. Endlich war sie angekommen und fläzte sich neben mich.

»Hallo, Tarzan.«

»Hallo, Mutti.«

Ein Streichholz flammte auf, erhellte das Halbdunkel ihres Zimmers. Die Aromakerze knisterte gemütlich und verströmte Patschuliduft. Sie streichelte mir aufmerksam blickend durchs Haar. Ich konnte machen, was ich wollte: Das Foto bei Richie ging mir nicht aus dem Sinn. Und so erzählte ich ihr von meinem Ausflug, von Frau Müller und Rosa, dem Münsterländer und schließlich von dem Foto.

»Was soll ich dir sagen: Die Frau sah dir verdammt ähnlich«, versuchte ich es in einem möglichst unbefangenen Ton.

Sie kniff ein wenig ihre Augen zusammen, dann lachte sie laut auf.

»Mein armer Kater Tom sieht überall Katzen, die seiner Katja ähnlich sehen. Muss *ich* da nicht eifersüchtig werden?«

Für einen Moment spürte ich Wut aufsteigen, würgte sie aber wieder hinunter, was mir durch ihr Kopfkraulen erleichtert wurde.

»Sie sah dir wirklich *äußerst* ähnlich«, beharrte ich.

Nun schien sie wütend zu werden. Ihr Kraulen endete abrupt. Sie errötete für einen kurzen Moment mit ernster Miene und schüttelte stumm den Kopf.

»Ich sag's dir zum letzten Mal, Tom. Ich habe noch nicht mal so ein bescheuertes Katzenkostüm, geschweige denn eine Ahnung, wer dieser Richie eigentlich ist.«

Das kam echt überzeugend rüber. Dann zog sie sich langsam aus. Ihre Haut schimmerte bronzen im Kerzenschein und bettelte darum, von zwei Künstlerhänden bearbeitet zu werden. Wen interessierte noch das dämliche Foto? Mein Misstrauen beschämte mich. Ich nahm mir vor, in der nächsten Zeit besonders nett zur Frau meines Herzens zu sein.

Wir liebten und quatschten die ganze Nacht hindurch. Eine nahe liegende Idee wurde geboren: Warum nicht zusammenziehen, wo ich doch schon auf Wohnungssuche war? Wir könnten gemeinsam einen Bauernhof bewirtschaften, zusammen mit einem anderen Pärchen vielleicht, selbst Gemüse pflanzen, die Kinder abwechselnd und natürlich antiautoritär betreuen und so weiter. Wir berauschten uns an unseren Träumen, die wir glaubten individuell zu entwerfen und die doch nur schwacher Widerschein einer Kollektivbewegung waren.

Katja war jetzt ganz in ihrem Element, sah mich als philosophierenden Hausmann unseren Spross hüten und sich als die toughe Oberärztin andauernd Leben retten. Zwar keimte der Verdacht in mir, dass alles auch ganz anders kommen könnte, aber damals wollte ich uns nicht die Stimmung verderben.

Unsere Bande festigten sich, und ich genoss das sehr. Zusammen durchforsteten wir jetzt die Wohnungsanzeigen, und zusammen schauten wir uns die in Frage kommenden Refugien an. In mir erwachte ein längst verschütteter Elan. Das Blockseminar »Freiheit und Verantwortung« in den Semesterferien erhielt einen neuen Teilnehmer, der engagiert die Zukunft unserer Kinder beschwor. Nicht, dass sich in zwei Wochen noch irgendwer im Seminar an mich würde erinnern können, aber für mich war's der große Auftritt!

Im September wurden wir bei Nienberge-Häger fündig. Ein schmaler Feldweg führte zu dem alten, verfallenen Häuschen, das von außen mehr einer romantischen Ruine glich, weil sich wunderschöne Kletterrosen an der Front hochschlängelten.

»Mien Hermann hät dat Hues boll alleen baut«, informierte uns die Vermieterin bei der Besichtigung auf Platt. »Et is nich mehr gaas winterfest, owwer doarüm is de Miete auk nich so haug. Will Iht häbben?«

Aufgeregt besichtigten wir das Häuschen. Zwei Steinstufen führten zu dem Hauseingang, durch den man direkt in die Wohnküche gelangte. Hier imponierte vor allem der schwere gusseiserne Kohlenofen. Mangels Boiler konnten wir vorerst nur mit kaltem Wasser aus der Leitung rechnen. Außer dem kleinen Badezimmer grenzten drei weitere Räume an die Küche: Katjas Arbeits- und Schlafzimmer, das meinige und endlich das zukünftige Kinderzimmer. Für das Obergeschoss planten wir ein gemeinsames Schlafzimmer mit riesigem Hochbett. Außerdem blieb da noch viel Platz für Phantasieanschaffungen wie zum Beispiel Tischtennisplatte, Billardtisch oder Modelleisenbahnlandschaft. Der niedrige Keller war zweckdienlich in Wasch- und Kohlenraum aufgeteilt, zwei weitere Kellerabschnitte blieben in unserer Planung vorerst unbeachtet.

Die Räume waren insgesamt in einem desolaten Zustand, doch zu meiner großen Verblüffung zeigte sich Katja begeistert. Sie hatte nichts auszusetzen und wischte jeden möglichen Einwand lässig mit einem Appell an unsere Kreativität beiseite. Nachdem mir die Argumente ausgegangen waren, von denen ich vermutete, dass sie Katja sehr gewichtig erscheinen würden, war ich bereit, das Experiment zu wagen. Schließlich war *ich* einfache Wohnverhältnisse gewöhnt. Sie aber würde sich kräftig umstellen müssen: aus einer Etagenwohnung mit Ölheizung, Erkerzimmer und Pizzeria um die Ecke in die Wildnis ohne alles außer einem kleinen Schreihals und einem Philosophiestudenten mit Hang zum Alkohol.

Der Umzug ging problemlos vonstatten, weil Katja einige Kommilitonen engagieren konnte, die auch einen Umzugswagen organisiert hatten. Meinerseits konnte ich Matze und Britta für zwei letzte Stündchen aktivieren. Doch war meine Desertion bei Gerdas Umzug nicht unbemerkt geblieben. Auch verhielt sich Katja merkwürdig distanziert zu den beiden.

Ich spürte, dass ich mich ändern musste, wenn ich Vater würde, und begann damit, meine Vergangenheit kritisch zu hinterfragen. Kein Mensch außer Katja – davon war ich überzeugt – interessierte sich für mich seit dem Tod meiner Mutter, und ich selbst hatte nichts gegeben. Ich hatte niemanden außer Katja, und niemand hatte mich. Es war eine einzige Bankrotterklärung! Doch in jeder Zerstörung wohnt schon der Keim des Neuen, und so fühlte ich auch die Zuversicht, dass sich alles zum Guten wenden würde, wenn ich nur bereit war zu geben. Ich begann mich für Katjas Verwandtschaft zu interessieren, doch seltsamerweise blockte sie ab, wenn ich das Thema zur Sprache brachte.

»Ich habe einfach ein schofles Verhältnis zu diesen Spießern«, erklärte sie in solchen Situationen gereizt, wobei sie regelmäßig ihre Augen zukniff. Und Geschwister? Nein, sie sei ein Einzelkind und im Übrigen nicht interessiert an ihrer großkotzigen Verwandtschaft. Sie war sehr aufgebracht, so dass es mir im Sinne der Familienharmonie vernünftiger erschien, diese Fragen für mich zu behalten, bis sie sich dafür öffnen würde. Alles in allem aber blühte unsere Liebe in voller Eintracht: Gemeinsam schauten wir uns die ersten Ultraschallbilder an, und für den schwarzen Punkt wurden schon passende Vornamen erörtert. Katja organisierte einen Kinderwagen, und ich versuchte mich als Installateur. Keine Spur von Verzagen oder Langeweile! Ich war fast dankbar dafür, dass Richie über all diese Aufregungen in den Hintergrund gedrängt worden war.

Dann jedoch – ich weiß noch, dass es ein Freitagmorgen war – erreichte mich ein Anruf von Katjas ehemaligem Vermieter.

»Hallo? Wohnt bei Ihnen eine Frau Katja Wohlleben?«, schnarrte es durch den Hörer.

»Ja, was gibt's?«

»Hörbiger am Apparat. Ihr Keller, das heißt Ihr früherer Keller, der von Frau Wohlleben, steht immer noch voll Gerümpel. Wenn Sie ihn nicht bis Montag geleert haben, lasse ich ihn räumen und schicke Ihnen die Rechnung! Guten Tag!«

Die Leitung wurde unterbrochen. Katja war mit ihrem Renault zum Frauenarzt in die Stadt gefahren. Draußen verfärbten sich die ersten Blätter, aber noch schien die Sonne angenehm warm. Ich warf eine Jacke über und holte die Leeze aus dem Schuppen.

Mal sehen, wie viel Krempel in ihrem Keller lagert, dachte ich, vielleicht lässt sich ja schon von dort aus was regeln, und schwang mich auf den Drahtesel, der noch gespickt war mit Aufklebern, die mir inzwischen peinlich geworden waren.

Fast kam es mir vor, als tauchte ich in eine längst vergangene Zeit. Das Kreuzviertel mit seinen geschmackvollen Jugendstil-Fassaden und prächtigen Baumreihen, die efeuberankte Mauer, an die ich immer mein Rad gelehnt hatte, wenn ich

Katja besuchte, alles war in einen romantischen Schleier gehüllt, der in mir eine ungewohnte Wehmut aufkommen ließ.

Hinein durch die offen stehende Haustür. Die Steinstufen, die in den Keller hinunterführten, hatten jahrzehntealten Dreck hartnäckig in den Fugen festgehalten, ganz im Unterschied zum sonstigen Treppenhaus. Alles hier unten schien schmutzig zu sein, doch das schwache Licht an der Decke milderte den Eindruck. Das Holzgatter vor Katjas Nische war mit einem Vorhängeschloss versehen, das jedoch nur als Attrappe diente. Mit einem einfachen Handgriff ließ es sich öffnen. Der Vermieter hatte nicht gelogen. Da stapelten sich Blumenkästen und leere Wasserkisten neben Kartons mit alten Büchern und sonstigem Krempel. Ich stellte gerade Überlegungen darüber an, was als Nächstes zu tun sei, als mein Blick auf etwas Gelbes fiel, das aus dem Dunkeln leuchtete und mir einen Schreck in die Glieder jagte. Es sah aus wie … Nein, es *war* ein gelber Blitz, wie ich ihn an Richies Fahrrad gesehen hatte. Er lag da zwischen dem Gerümpel und leuchtete mich an, als wollte er sagen: »Na alter Freund, hast mich wohl vergessen?« Mit meinem Feuerzeug bewaffnet leuchtete ich die Umgebung genauer ab. Nur ein Lampenschirm und ein Turm aus alten Töpfen behinderten die Sicht. Der phosphoreszierende Blitz lag auf dem staubigen Boden, als hätte er dort schon immer gelegen. Das Metall der gestapelten Töpfe schepperte schallend, als der Turm umfiel und meine Hand verletzte, die nach dem Blitz tastete. Ein dumpfer Schmerz durchzuckte meinen Daumen. Erst danach konnte ich fühlen, dass der Phosphorblitz eine Art Stoff mit einer klebrigen Rückseite war. Mein Herz pumpte hektisch. Was hatte das alles zu bedeuten? Ich versuchte mich zu beruhigen, aber dann fiel mir auf, dass der Blitz auf seiner leuchtenden Oberfläche im Unterschied zur Klebefläche keinen Staub angesetzt hatte. Das Ding konnte hier noch nicht lange gelegen haben. Wie in Trance sprang ich damit die Treppe hinauf. Erst draußen, als mir eine frische Brise über das Gesicht strich, konnte ich wieder einigermaßen klar denken. Als wenn es nur diesen einen Phosphorblitz auf der Welt gäbe!

Trotzdem war mir unbehaglich zumute. Instinktiv faltete ich den Blitz in der staubigen Klebeseite zusammen und steckte ihn in meine Jeans.

Bunte Blätter wirbelten unbeschwert über den Asphalt. Auf der anderen Straßenseite versuchte ein Mädchen im Grundschulalter einen jungen Hund zu erziehen.

»Platz, Benny! Mach Platz!«, rief sie und zerrte an der Leine. Der Welpe sprang verspielt umher und verstand nicht, was das Mädchen wollte – oder er wollte es nicht verstehen. Da schimpfte die Kleine wie eine Mama, bückte sich und drückte das zappelnde Etwas nicht eben konsequent zärtlich an sich. Katja würde mich kreuzigen, wenn ... Ich *konnte* sie jetzt nicht mit meinem Misstrauen behelligen. Die Sache mit dem Foto hatte ihre Nerven schon ziemlich strapaziert, und überhaupt hatte uns der tote Richie beinahe auseinander gebracht. Fuck off, Richie! Ich weiß nicht, ob ich spinne oder ob du tot bist. Ich weiß nur, dass Katja meine Freundin ist, die ein Kind von mir erwartet und die es nicht verdient hat, dass ich sie wieder enttäusche. Schön, sie sagt, dass sie mir jetzt glaubt, aber eigentlich war's doch nur ein Wundenlecken. Hatte sie überhaupt einmal wieder nach Richies Leiche gefragt? Seien wir ehrlich, sie glaubte nicht wirklich an mein nächtliches Erlebnis. Ich versuchte, Realität in meinen Schädel zu hämmern. Was zum Teufel hätte auch Richies Rad in Katjas Keller zu suchen gehabt? Ich hatte Wichtigeres zu tun, als tote Richies zu jagen! Der Augiasstall musste bis Montag ausgemistet werden. Katja wäre sicher hoch erfreut, wenn jetzt eine starke, männliche Hand das Ruder übernähme. Mir fiel der Lkw-Verleih Stücker & Güntzel an der Grevener Straße ein. Den ganzen Freitagnachmittag schuftete ich nun, um das Gerümpel in den Kleintransporter und von dort auf die Deponie zu schaffen. Der Begriff »Workaholic« bekam eine ganz neue Note. Ein wortkarger, knochentrockener Macher würde heute Abend nach Hause kommen, wo seine dankbare Frau bereits ein warmes Mahl bereitet hätte.

VII

Katja werkelte in der Küche herum. Allerdings nicht am Herd, wie ich es mir erträumt hatte, sondern am Abfluss der Spüle. Ihre zarten Hände umklammerten eine überdimensionierte Rohrzange, und in dem Bestreben, die Muffe zu lockern, presste sie das gesamte Gewicht einer Erstgebärenden in das Metall. Erst als sie mich bemerkte, gab sie auf.

»Wo warst du denn?«, fragte sie gereizt und strich sich ihr verschwitztes Haar aus der Stirn.

»Dein Vermieter hat heute Vormittag hier angerufen. Wir sollen bis Montag deinen Keller räumen.«

Katja verdrehte die Augen. »Mein Gott, bin ich froh, dass ich den los bin. Immer hat der was zu meckern.«

Damit schien das Thema für sie beendet zu sein. Irgendwie hatte ich mir den Lohn meiner Mühen anders vorgestellt. Also noch mal von vorn.

»Zurück zur Sache, Schätzchen. Bis Montag, sagt der Hörbiger, sonst schickt er uns die Rechnung.«

Sie sah mich enttäuscht an. »Weißt du, ich hab gedacht, du bemerkst vielleicht, dass unser Abfluss verstopft ist. Wir können viel Geld sparen, wenn du das selbst machst. Aber du treibst dich wer weiß wo rum, und ich kann sehen, dass unser Kind nicht in einer Krippe liegen muss.«

»Da wurden schon Prominentere gebettet. Ist doch keine Schande«, erwiderte ich. Damit hatte ich wohl den Bogen überspannt, denn nun fing Katja an zu heulen, dass es mir das Herz brach. Okay, es war nicht sehr zartfühlend von mir, aber die Art, wie sie mich manchmal ignorierte, konnte mich derart aufregen, dass mir Jack the Ripper plötzlich ganz nah war. Der hatte einfach nur ein bisschen weniger Selbstbeherrschung als ich. Sei hart, Tom! Aber gleich Nietzsche, der kurz vorm Abdrehen in Turin heulend den Hals eines geschundenen Gauls umschlungen hatte, legte ich meine Arme um sie und drückte sie an mich. Nur dass mein geschundener Gaul eine ignorante Freundin war und ich nicht jenseits von Gut und Böse.

Ich küsste ihre Tränen von der Wange und wischte mit einem Tempo nach. Dankbar lauschte sie nun meiner groß angelegten Schilderung des Nachmittags auf der Bohrinsel Deponia. Sie kuschelte sich tief bewegt von meinem Einsatz in das Nest, das ich ihr mit meinem Körper bereitet hatte. Ihr Duft ließ mich die Kälte des Steinbodens vergessen. Draußen in der Dämmerung wirbelten ein paar Blätter durch den Schein der Außenlampe, die übrigens ich angebracht hatte.

Der häusliche Friede war wiederhergestellt. In dieser Nacht unterhielten wir uns über Gott und Welt. Die Kerzenflamme auf dem Ikearegal neben unserem Hochbett knisterte gemütlich, während wir unsere Ansichten über das Leben und Sterben austauschten. Es stellte sich heraus, dass sie eine solch waschechte Nihilistin war, dass sich Arthur Schopenhauer dagegen wie ein Schuljunge ausnahm. Sie lächelte versonnen, als ich versuchte, mir die unendliche Sinnlosigkeit allen Strebens bewusst zu machen. Sinnlos schien es mir nebenbei gesagt, den Blitz aus ihrem Keller anzusprechen. Der lag inzwischen in meinem Zimmer, geplättet unter einem Bücherstapel, und würde vermutlich eines Tages in der Mülltonne landen, wenn sich meine Zweifel nur erst zerstreut hätten. Einstweilen verdrängte ich Richie, so gut es ging. In dieser Nacht aber träumte ich von einer schreienden und hechelnden Katja, die ein Kind zur Welt brachte. Zunächst war das blau angelaufene Etwas an der Nabelschnur ein ganz normaler Säugling, doch dann veränderte er sich zu einer Art Mondkalb, und schließlich lachte mich Richie als properes Riesenbaby an.

Ich erwachte schweißgebadet. Was sollte ich tun, um diesem Phantom den Garaus zu machen? Vielleicht moderte Richie schon längst als Baumdünger irgendwo im Haskenau. So viel war klar: Richie musste aus meinem Leben verschwinden, und das Einzige, was mir dazu einfiel, war, ihn weiterhin so gut wie möglich zu verdrängen. Immer, wenn er sich mir in Zukunft ins Bewusstsein drängen würde, plante ich eine radikale Kappung des Gedankenstroms, dass Sigmund Freud seine helle Freude daran gehabt hätte. Tatsächlich durchschlief ich die nächsten Nächte entgegen der Theorie ohne weitere Alpträume, so dass die Erinnerung an Richies Leiche immer mehr verblasste. Friede seiner Asche.

Der Herbst hielt Einzug auf dem Lande, färbte die Blätter gelb und rot in allen Nuancen. Katja durchlebte in diesen Wochen emotionale Wechselbäder, dass mir schon vom Zusehen schwindelig wurde. Mal heulte sie um jedes sterbende Blatt am Baum, dann wieder war ihr alles scheißegal. Mal gönnte sie sich keine Pause, dann wieder aalte sie sich tagelang auf ihrem Futon. Mal machte Papa Tom nichts, aber auch gar nichts richtig, dann war er wieder der Größte. Ich kippte mir den ein oder anderen Whiskey hinter die Binde und nahm das Ganze relativ gelassen hin. Schließlich würde sie ja nicht ewig schwanger sein. Manchmal fehlte mir der Sex mit ihr, aber insgesamt war ich doch zufrieden mit unserem Leben.

Nur in ganz seltenen Augenblicken bekam ich eine Gänsehaut, wenn mich unerwartet und für Sekundenbruchteile Richies Gesicht in meinem Spiegelbild anschaute.

Freitag, der 22. November. Trotz lausiger Kälte hatte sich nach einem Besuch in der Stadt ein kühles Blondes in mein Hirn eingenistet, das nach baldiger Verwirklichung strebte. Es war weniger die Frage, ob ich etwas trinken würde, sondern wo. Das Kneipenkollektiv in der Frauenstraße 24 schien mir die geeignete Adresse zu sein, denn ich spürte, dass sich meine Sehnsucht nur teilweise auf das Pils richtete. Das einstmals besetzte Jugendstilhaus war seit drei Jahren vor der Abrissbirne sicher, und die Kneipe bot noch immer Gelegenheit zu einem engagierten Plausch. Vielleicht war es die Einsamkeit des werdenden Vaters, das fehlende Gespräch mit einem Kumpel, das mich dort hintrieb. Was ich brauchte, war ein Freund, mit dem man saufen konnte und der einem auf die Schulter klopfte, wenn zu Hause mal der Bär tanzt.

»Keine Macht für niemand«, brüllte Rio Reiser aus den schwarzen Boxen an der Decke, als ich eintrat. Die Kneipe war gut besucht, und ein würziger Cannabisduft mischte sich zwanglos in die Tabakwolke, die meinen Blick trübte. Davon unberührt hämmerten in einer Ecke zwei Schachspieler im Reggaeoutfit abwechselnd auf eine Schachuhr, und die Figuren wirbelten über das speckige Brett. Hinter der Theke zapfte Winnetous Schwester, jedenfalls der Frisur und Fransenjacke nach zu urteilen. Valerie Solanas Töchter hockten friedlich über einem Manifest zur Vernichtung der Männer, um ein Referat oder so etwas auszuarbeiten. Mit einem vollen Bierglas in der Hand machte ich es mir an dem Tisch vor dem Eckpfeiler gemütlich, der vermutlich ehemals zu einer Trennwand gehört hatte. Dann stürzten Hopfen und Malz vereint meine Kehle hinunter.

Die Zeit versickerte wie Regen im Wüstensand, und mit ihr verschwand auch das Gefühl, allein zu sein. Ein dürres Männchen mit einem Jürgen-von-der-Lippe-Bart hatte sich zu mir an den Tisch gesetzt, Bier bestellt und – zunächst zögernd, dann zunehmend munterer – angefangen, über die Zukunft der Menschheit zu sinnieren. Er schien sich für einen hochpolitischen Menschen zu halten, strich über seinen gepflegten Bart, wenn er beiläufig auf Marx zu sprechen kam. Ich achtete nicht besonders auf sein Schwadronieren, doch es nervte mich, mit welcher Sicherheit er synchron mit mir das Bierglas an die Lippen führte und wie er jedes beiläufige Höflichkeitsnicken begeistert aufsaugte. Vor ihm auf dem Tisch lag ein offener Tabakbeutel, aus dem er sich von Zeit zu Zeit bediente. Daneben hatte er ein matt glänzendes Feuerzeug der Marke Zippo platziert. Ich tauchte in den Strom des gleichmäßigen Wortgeklingels, ohne weiter auf den Inhalt zu achten.

»Bin gleich wieder zurück«, weckte mich plötzlich der Quälgeist nach einer halben Ewigkeit aus meinem Dämmerzustand. Die Drohung war wohl nett gemeint. Er erhob sich und wankte etwas unsicher in Richtung WC. Eine armselige Bierpfütze stand noch im Glas. Ein Bierchen noch, die Ohren weiter auf Durchzug schalten und dann ab nach Hause, entschied meine nervale Leitstelle. Neben dem Tabakbeutel schimmerte das matte Silber des Feuerzeugs. Ich griff nach dem Feuerspender, spielte ein bisschen unschlüssig damit herum. Eine Gravur weckte mein Interesse. Und da stand es in geschwungenen Buchstaben geschrieben: »*Richard Müller*«. Er war wieder da! Ein Schwall Adrenalin schoss mir aus dem Nebennierenmark. Das Blut hämmerte in meinen Schläfen, und die Kneipe drehte sich. Jetzt mal nicht nervös werden! Cool bleiben heißt das Gebot des Augenblicks!

Plötzlich konnte ich die Rückkehr des Rumpelstilzchens kaum erwarten. Was in Herrgottsnamen hatte dieser Weltverbesserer mit Richie Rich zu schaffen? Mit Sorge registrierte ich, dass auch sein Glas so gut wie leer war. Um ihn hier zu halten, bestellte ich vorbeugend zwei Bier und platzierte eines direkt neben seinen Tabak. Das Kerlchen kam zurück, erblickte das volle Glas und strahlte übers ganze Gesicht.

»Ich dachte schon, ich störe dich«, haspelte er erleichtert und rückte seinen Stuhl an meinen heran.

»Du musst mich ja nicht gleich heiraten«, erwiderte ich ein wenig abrückend. Er schien ganz verblüfft, dass ich sprechen konnte. Der Vogel wäre auch hier geblieben, wenn man ihm mit Folter gedroht hätte. Doch wo der Leim schon mal auf der Rute war: Ich prostete ihm aufmunternd zu.

Er fing wieder an, aus seinem Alle-Menschen-werden-gut-Utopia zu berichten. Dabei sollten die Frauen eine ganz besondere Rolle innehaben, wegen ihrer großen Friedfertigkeit und so. Er sei ja so froh, in einer Männergruppe verankert zu sein, die ihm Halt gebe in diesem Zeitenwandel. Hier hakte ich ein.

»Was ein Mann braucht, ist ein Freund, mit dem man saufen kann und der einem auf die Schulter klopft, wenn mal zu Hause der Bär tanzt.«

»Genau«, triumphierte er beglückt über so viel Einvernehmen. Er wies mit seiner gepflegten Hand auf eine bunte Zettelwirtschaft am Pfeiler, die das Sollen und Wollen meiner Mitmenschen verkündete: eine Demo in Wackersdorf gegen die Wiederaufbereitungsanlage, ein Spendenaufruf für irgendein Rebellen-Waffenkonto, ein Nicaragua-Komitee, ein Arbeitskreis Afrika (AKAFRIK). Ganz unten erregte ein ärmlicher, mit Tesafilm angeklebter Zettel meine Aufmerksamkeit. Da stand vor gelbem Eddinghintergrund in krakeliger Kulischrift geschrieben: »Männergruppe sucht Teilnehmer für ein Projekt zur Erlangung eines neuen Rollenverständnisses vor dem feministischen Hintergrund«.

Komplizierter ging es wohl nicht.

»Das ist meine Männergruppe«, erläuterte der Homo politicus, »ich heiße übrigens Rupert. Rupert Rammler.«

Ich tat erstaunt. »Wie, nicht Richard Müller?«

Er sah, dass das Feuerzeug herumgedreht war, und wurde blass.

Ich spürte, wie es in ihm arbeitete. Dann lachte er.

»Ach, wegen dem Feuerzeug. Nee, ich heiße wirklich Rupert.«

Das Thema war ihm sichtlich unangenehm. Ich musste seinen Rückzug unterbinden.

»Also ich heiße Tom«, gab ich mich vorsichtshalber zufrieden und prostete ihm zu, »worum geht es denn in deiner Männergruppe genau?«

Rupert lehnte sich erleichtert zurück, glücklich, wieder loslegen zu können.

»Also wir sind eine Gruppe, die sich regelmäßig trifft, um uns mit unseren Machoallüren auf die Schliche zu kommen. Wir können den Frauen nicht immer alle Partnerarbeit überlassen.«

Ich musste an meine Maloche am Haus denken.

»Ja, sicher. Mir stinkt das Patriarchat genauso wie euch. Wir sind doch die ersten Opfer.«

Vielleicht hängte ich mich gerade ein bisschen zu sehr aus

dem Fenster, aber mir war die Emanzenrhetorik noch durch Brittas hoffnungsvolle Schwanengesänge aufs Patriarchat geläufig.

Rupert stierte mich an, als sei ich ein Gott. »Richtig, Mann«, flüsterte er, »genau richtig.«

»Und wer ist Richie Müller? Auch aus der Gruppe?«

Rupert hampelte nervös herum. Er wurde sichtlich misstrauisch.

»Ein Bekannter«, gab er knapp zurück.

In meinem Hirn glühten die Drähte: Wenn du ihn jetzt nicht verlieren willst, musst du den Warmduscher geben, Tom!

»Ich dachte nur so«, fuhr ich fort, »wir können doch jeden Mann gebrauchen, um das System der Väterherrschaft zu knacken. Wir müssen uns mit den Frauen gegen die Väter verbünden.«

Ruperts Gesicht entspannte sich. »Soll das heißen, du willst bei uns einsteigen?«

Ermittler Tom hatte keine Wahl. Er nahm einen tiefen Schluck, wischte sich den Schaum vom Mund.

Warum nicht nebenher den Freund in einer Männergruppe suchen, ermunterte ich mich angesichts des dornigen Ermittlungspfades. Schließlich sollte ich Vater werden, und das schreit doch nach einem Wechsel im Selbstverständnis eines Mannes!

Ich nickte Rupert zu. Er sprang plötzlich auf.

»Fein«, sagte er, und seine Stimme wurde verbindlicher, »die Gruppe trifft sich dienstagabends um acht bei mir. Ich wohn in der Melcherstraße 34, neben dem ›Krokodil‹. Auf dem Klingelschild steht Bücking-Rammler. Ich muss gehen. Bis dann also.«

Am Ausgang drehte er sich noch mal herum: »Ach, und bring bitte selbst was zu trinken mit«, rief er.

Ich winkte ihm kurz zu. Ton, Steine, Scherben dröhnten ohne Unterlass aus den Boxen, untermalten noch zwei weitere Bierchen, bis ich endlich bereit war, in die ländliche Einsamkeit zurückzukehren. Beim Aufstehen passierte es dann. Das leere Bierglas knallte zu Boden und zerschellte am Eisengestänge des Tischfußes.

»Macht kaputt, was euch kaputt macht«, schrie mir Rio heiser zu, und hinter der Theke kam die beflissene Nschotschi hervor, um das Malheur zu beseitigen. Ich hatte verstanden: Finger weg vom Alkohol und auf zu neuen Ufern! Solide werden, Freunde gewinnen und Richies Mörder finden. Das war der Plan.

VIII

Goldene Lichtstreifen durchwebten das gelbe Blattwerk, das sich noch in den Wipfeln hielt und beim nächsten Windstoß zur Erde trudeln würde. Mit einer straff gespannten Einkaufstüte am Lenker und berstendem Anhänger erreichte ich unser Domizil, das von weitem eher einem Hexenhäuschen glich. Im Sommer hatte ein Frostschutzmittel namens Glykol Eingang in diverse österreichische und deutsche Weine gefunden, was für mediale Aufregung und interessante Sonderangebote sorgte. Ein Kaufrausch hatte mich gepackt und nicht eher wieder losgelassen, bis keine müde Mark mehr aufzufinden war. Dafür stapelten sich nun Flaschen superben und weniger edlen Weines in dem durchgedrückten Radwägelchen. Wir hatten erst beim Einzug einen kleinen, unscheinbaren Keller entdeckt, der, dem verrosteten Schloss nach zu urteilen, über Jahre verschlossen gewesen sein musste. Katja wollte ihn damals zur Vorratskammer machen, aber dann siegte doch die Bequemlichkeit, und die Einmachgläser blieben im Küchenregal. Damit war der Weg frei für meinen Weinkeller! Dem Dionysos sollte ein Tempel errichtet werden! Katja würde überrascht sein ob meines Tatendranges und Gestaltungswillens. Während sie sich gerade mit diversen Herzkrankheiten vertraut machte, lagerte ich die Medizin dagegen ein. Jeden Tag ein Gläschen Wein ließ sich wunderbar mit verantwortungsvollem Streben nach gesundem Leben vereinbaren, wie uns die Franzosen bewiesen. Auf einer Kiste vor dem Kellerraum pausierend genehmigte ich mir gerade einen tiefen Schluck Bordeaux aus der Flasche, als mir auffiel, dass die Tür zur Waschküche – so nannten wir den grau gekalkten Raum mit unserer Waschmaschine drin – fehlte. Die leeren Scharnierzapfen jedoch glänzten ölig, als wären sie vor kurzem noch geschmiert worden. Das erschien mir höchst widersinnig. Sicher würde Katja einen guten Grund dafür haben, aber mir wollte partout keiner einfallen. Mein Großhirn nahm eine vorläufige Auszeit und überließ mich nun ganz den Empfindungen meiner Zunge. Der Bordeaux schmeichelte meiner Nase. Schade nur, dass die Männergruppe ihr Meeting gerade auf heute gelegt hatte. Plötzlich hörte ich es oben klingeln. Vor meinem inneren Auge lag ein Scheideweg. Auf einem Schild stand »Bitte saufen Sie weiter« mit einem Sumpfgebiet dahinter. Das andere wies unbeschriftet den Weg in eine Savanne zur Trockenzeit. Ein Gottesurteil musste her: Schellt es noch mal, steh ich auf, bleibt die Klingel ruhig, mach ich weiter. Der Gott des Alten Testamentes ward zornig und siehe, es schellte noch drei weitere Male, bis ich die Haustür öffnete.

Da stand meine blonde Märchenfee und sah mich fragend an.

»Ich hab meinen Schlüssel verloren«, schob sie vor die zu erwartende Anamnese: »Sag mal, hast du getrunken?«

»Na und wenn schon!«, herrschte ich lauter als gewollt zurück. Rhetorische Fragen, deren Antwort nur den Vorwand für Anwürfe geben, kann ich nicht ausstehen, sie erinnern mich irgendwie an die spanische Inquisition.

Aber anders als gedacht, lächelte sie mich freundlich an und sang leise:

»What shall we do with the drunken sailor, what shall we do with the drunken sailor early in the evening.«

Dabei schob sie sich sanft an mir vorbei und stellte ihre Einkaufstasche auf den Tisch. Tänzelnd verschwand sie im Badezimmer. Hatte sie den Whiskey mitgebracht, um den ich sie gebeten hatte? Ich schaute in die Tasche. Keine Flasche, aber jede Menge unnützes Zeug! Ich fischte ein schwarzes Etwas heraus. Als könne sie durch Wände sehen, hallte es aus dem Bad: »Was suchst du denn?«

Schon stand sie mit gerunzelter Stirn vor mir und riss den Stoff an sich.

»Was ist das?«, fragte ich gereizt.

»Tja, da ist der Philosoph überfragt, nicht wahr?«

Ich überhörte ihren leicht provokanten Unterton und zuckte mit den Schultern.

»Das, mein Schatz, ist ein Tanga für nur schlappe zwanzig Mark. Kann man nichts gegen sagen, oder?«

Gut, dass Schwangere schon mal Lust auf Schlangengurken, Schokolade oder Hering oder meinetwegen auch auf Sexorgien kriegen, hat man ja alles schon gehört. Aber Tangas im Winter? Ich begann mir ernsthaft Sorgen zu machen. Katja war immer eine ungewöhnlich straighte und logische Frau gewesen, und nun dieser Spleen.

»Nicht dass ich denke, du wärst nicht hübsch genug – ich lieeeebe deinen Kugelbauch –, aber ist dir schon mal aufgefallen, dass die Temperaturen in der letzten Zeit tendenziell nach unten gehen?«

»Ja, und der KÜ wird vermutlich bald zufrieren. Ich weiß. Aber der nächste Sommer kommt bestimmt, und ich sehe nicht ein, als Mother Earth das Haus zu hüten, während du den jungen Dingern hinterherschaust. Ich will weiter studieren und auch mal schwimmen gehen.«

Alles deutete auf Kleinkrieg, doch trotz des fehlenden Whiskeys war meine Lust zu streiten auf dem Nullpunkt. Wer könnte was gegen ihre Wünsche einzuwenden haben? Ist doch klar, dass man nicht immer nur das Baby hätscheln will. Sie hatte mir den Rücken zugedreht und packte das Teil wieder ein. Mein Kuss in ihren freigelegten Nacken schien sie zu besänftigen. Sie legte den Kopf zurück, lehnte sich an mich und schloss die Augen. Was für ein Weib! Ihre vollen Brüste sammelten schon die Milch unserer Zukunft, und ihr straffer Bauch verströmte einen Honigduft, der mich erregte. Gerade gingen meine Hände auf Wanderschaft, da entwand sie sich mir mit einem entschuldigenden Lächeln.

»Du hast getrunken, Schatz.«

Ihr Rückzug traf mich hart. Der Steinboden begann unter meinen Füßen zu schwanken. Mein Magen rebellierte. Ich hechtete ins Bad und hielt meinen Kopf über die Kloschüssel. Nein, ich war kein Vogel, der seinem Nachwuchs naturgemäß die vorverdaute Nahrung in den Rachen reiherte, sondern ein elender Alkoholiker, der um seinen archimedischen Punkt kämpfte, der ihm die Balance, das Urvertrauen wiedergeben könnte.

Katja war in ihrem Zimmer verschwunden. Die Küchenuhr vom Flohmarkt zeigte halb acht an, und die nackte Glühbirne an der Decke verströmte ein warmes, gemütliches Vierzig-Watt-Licht. Ich hatte nicht wirklich Lust, gerade jetzt zur Männergruppe zu fahren, aber alles zu verschieben, fand ich noch abturnender. Ich musste Rupert auf die Schliche kommen.

Also griff ich mir zwei Flaschen Rotwein, sagte Katja Bescheid und machte mich mit meiner Leeze zum Bahnhof Nienberge-Häger auf. Von dort ging es mit dem Zug nach Münster Hauptbahnhof. Die Stadtwerke beförderten einen erschöpften Tom schließlich per Bus weiter zur Melcherstraße.

Auf dem Klingelschild stand »Bücking-Rammler«. War das die richtige Truppe, einen Freund zu finden? Mir stinkt doch schon dieses Doppelnamegetue. Bücking-Rammler. Klingt doch einfach nur zusammengeklatscht. Null Ästhetik. Der Name Rammler-Bücking ging wahrscheinlich aus feministischen Gründen nicht. Ich war ein bisschen skeptisch, wer mich hier erwarten würde, doch andererseits reichte für mein Seelenheil ja nur ein einziger guter Kumpel, der sich geduldig die Sache mit Richie, dem Baby und der Sauferei anhören würde. Ich fühlte mich am Ende der Ausbaustrecke, und vor mir schlängelten sich nur noch Schotterpisten, die eine gute Federung erforderlich machten. Ein guter Freund kann so eine Federung gegen die Unbill des Lebens sein. Die Labertasche Rupert konnte dieser Freund nicht sein, solange ich nicht wusste, was er mit Richie zu schaffen hatte, aber vielleicht ein anderer.

Die Tür bei Bücking-Rammlers öffnete sich, und heraus schaute eine Frau, die aussah wie Ulrike Meinhof in dick. Sie fixierte mich durch ihre unvorteilhafte Hornbrille.

»Ja bitte?«

»Ich möchte gern zur Männergruppe von Herrn Rammler. Bin ich hier richtig?«

Ohne eine Miene zu verziehen, schaute sie einmal an mir herunter und wieder herauf, als sei sie ein Roboter, der mich in die Festplatte scannt. Ihr Gesicht entspannte sich ein wenig, während sie die schwere Tür weiter aufzog und mir bedeutete, einzutreten.

»Rupert ist in seinem Zimmer. Die anderen sind auch schon da.«

Ihre Clogs klapperten auf dem Holzboden. Sie wies mir den Weg und klopfte auch gleich für mich donnernd an die passende Tür. Dann sah ich sie in die Küche verschwinden, aus der gellend ein Teekessel pfiff.

Ich blickte durch den Spalt, trat ein und sah Rupert mit zwei anderen Männern in meinem Alter auf einer durchgewetzten Sitzgarnitur. Die Luft roch nach Zigarettenrauch. Auf dem Glastisch lag Ruperts Feuerzeug neben dem Aschenbecher und den hohen Weingläsern. Die drei schauten mich neugierig an.

»Hallo, ich bin der Tom.«

Rupert streckte mir die Hand entgegen. »Hallo, Tom. Schön, dass du gekommen bist. Du, der dort ist der Helmut, und er hier ist der Hans-Jürgen.«

Ich schaute zu den beiden hinüber. Helmut war von mittlerer Statur und sehr milchgesichtig. Wie sich später herausstellte, verdiente er sein Geld als Autoverkäufer. Hans-Jürgen, ein untersetztes Schwergewicht, erinnerte mich in seiner Schönheit an einen Sumoringer. Er schaute mich jedoch gutmütig an und fragte:

»Wie kommst du hierher?«

»Ich? Mit dem Bus, äh, ich meine durch Rupert in der Frauenstraße 24.«

Rupert ergriff wieder die Initiative, von wegen setz dich doch und erzähl doch mal. Na ja, und dann hab ich erzählt. Erst nur so allgemeines Zeug, wie ich mit Katja lebte und so weiter. Das Trio folgte mir aufmerksam. Ich spielte mit Ruperts Zippo-Feuerzeug herum, das ich von der gläsernen Tischplatte genommen hatte. Meine Hände drehten das Ding mit der Gravur taschenspielerisch zwischen den Fingern. Vielleicht hatte ich mir einfach nur gewünscht, mit den Jungs zu saufen. Ohne dieses Gefühlsgequatsche und ohne Richie.

Dann kam ich auf jene Sommernacht und den toten Richie am Buddenturm zu sprechen. Heimlich beobachtete Kommissar Tom dabei sein Auditorium. Die Augen seiner Zuhörer weiteten sich, als der Ermittler von der verschwundenen Leiche erzählte. Helmut und Hans-Jürgen blieben bei aller Aufmerksamkeit relativ gelassen, holten jeder eine Packung Filterzigaretten hervor, doch Rupert rutschte nervös auf seinem Sessel herum, und als ich von Richie sprach, langte er ganz beiläufig nach dem Zippo, das ich wieder auf den Glastisch gestellt hatte. Es tat ihm sichtlich Leid, mich eingeladen zu haben. Er gab den beiden Jungs Feuer und steckte das Ding gleich in die Tasche. Er hatte begriffen, dass ich wegen Richie hier war.

Ich schloss meine Erzählung mit einem Hinweis auf Katja und dass sie mir das Erlebte nicht geglaubt hatte. Das brachte die drei wieder auf gewohntes Terrain zurück.

»Du, weißt du«, seufzte Rupert etwas aufgesetzt, wobei er sich leicht zittrig meinen Wein ins Glas schüttete, »das geht mir mit der Rike, also ich meine der Ulrike, genauso. Ich kann sagen, was ich will. Immer hab ich das Gefühl, sie glaubt mir nicht.«

Er schaute in die Runde, und die beiden anderen nickten verständnisvoll. War es das, was ich suchte? Ich bemühte mich, keine schlechten Vibrationen auszusenden, denn irgendwie kam mir das alles schon uncool genug vor. Da sitzt die heilige Dreifaltigkeit, lauscht andächtig meinem Kummer und heult den Mond an, statt mich aufzumuntern. Das hatte ich mir anders vorgestellt. Die drei Musketiere wären eher mein Fall! Von meinem Alkoholproblem fing ich lieber gar nicht erst an.

»Und was macht das jetzt mit dir?« Helmut schaute mich erwartungsvoll an.

»Ich weiß nicht. Warum glaubt ihr mir die Geschichte, obwohl ihr mich gar nicht kennt, und warum denkt meine Liebste, dass ich spinne?«

Rupert übernahm den Fall. »Helmut hatte nach deinen Gefühlen gefragt. Hast du überhaupt Kontakt zu deinen Gefühlen?«

Oh Mann. Ich hatte das starke Gefühl, gehen zu müssen, aber der tote Richie zwang mich zu bleiben. Was zum Teufel fragt der Hauptverdächtige nach meinen Gefühlskontakten?

»Du willst wissen, wie es mir geht?«, fasste ich rhetorisch zusammen, um Zeit zu gewinnen. Die drei schauten mich gebannt an.

»Na ja, wie soll es mir schon gehen?«

Helmut spürte meine Verlegenheit und bot mir eine Aktive an. Ich griff zu.

»Hast du mal Feuer, Rupert?«

Rupert schaute leicht verärgert, kramte umständlich in seiner Hosentasche und knallte das Ding auf die Glasplatte. Schon hielt ich das Beweisstück wieder in der Hand.

Zum Glück fing jetzt Hans-Jürgen von seinen Gewichtsproblemen an und dass er beischlaftechnisch auch ganz gern mal oben liegen würde und ob das nicht zu dominant wäre. Mir schien, dass ihm sein Hauptproblem aus dem Blick geraten war: Er war seit zwanzig Jahren Single. Ein einsamer Beschluss festigte sich im Verborgenen meiner Hirnwindungen. Okay. Du willst nicht unhöflich sein. Bleib noch ein bisschen hier, und wenn die beiden Flaschen leer sind, musst du dringend nach Hause, weil der letzte Bus fährt. In der Zwischenzeit versuchst du noch was über Ruperts Verbindung zu Richie herauszubekommen. Ein guter Plan.

Während jetzt Rupert mit Hilfe von Nancy Friday die sexuellen Phantasien der Frauen referierte, um Hans-Jürgen darin zu ermutigen, es seiner Zukünftigen von hinten zu besorgen, schaute ich mir die drei der Reihe nach an. Helmut wollte gerade wissen, wie es Hans-Jürgen mit Ruperts Anregungen gehe, wobei er Ersterem auch noch den Arm tätschelte. Rupert starrte abwesend in die Luft. Seine Selbstgedrehte brannte nutzlos im Aschenbecher herunter. Ich beschloss, mich wieder einzuklinken:

»Tja, also ich weiß nicht«, wandte ich mich an Hans-Jürgen, »aber findest du es nicht unglaublich übertrieben, irgendwelche Kamasutrageschichten auszupacken, bevor dich auch nur der Atem einer Frau tangiert?«

Wow, das saß nicht schlecht. Und jetzt der Übergang.

»Musst du nicht erst das Feuer der Leidenschaft wieder in dir entzünden, damit dich erst mal wieder 'ne Frau als Mann registriert?«

Meine Stimme bebte, und illustrierend ließ ich eine Flamme aus dem Zippo hochschlagen.

»Wie diese Flamme«, fuhr ich fort, »nur brennen kann, wenn der Benzinspeicher aufgefüllt ist, so musst du dich mit Mut auffüllen. Übrigens ein schönes Stück.«

Helmut und Hans-Jürgen starrten mich an, als wäre ich Martin Luther, der soeben seine Thesen an die Tür genagelt hatte. Sie schienen nur durch meine Rede aufgewühlt. Dagegen rutschte Rupert mit hochrotem Kopf auf seinem Sessel herum. Ihm wurde das Feuerzeug zum brennenden Dornbusch.

»Wo hast du das eigentlich her?«, versuchte ich es jetzt direkt.

Mit belegter Stimme versuchte er, locker zu bleiben.

»Ist aus den USA«, haspelte er, »ich hab da mal ein Praktikum gemacht.«

Sieh mal an, dachte ich, aber nicht zufällig bei Smith & Simpson? Man beschäftigte sich jetzt mit Hans-Jürgens Leidenschaft. Das Feuerzeug sah trotz der Raucherei ziemlich unbenutzt aus. Wie zum Teufel ist er an das Zippo gekommen? Ich war nun der Kombinator, der beim Kaffee auf einer Terrasse irgendwo in Paraguay dem Bonzen auf die Schliche kommt, weil das Unschuldslamm das Parteiabzeichen auf seinem Revers übersehen hat. Kein Entrinnen für Rupert Rammler!

Ich versuchte, ihn weiter zu beeindrucken, indem ich ihn wissend anschaute. Rupert wurde tatsächlich immer nervöser, kaute auf seinem Fingernagel, bis nach Stunden der Psychofolter schließlich die Herrin des Hauses plötzlich in der Tür stand.

Wie eine Walküre im Bademantel beendete sie die Seelenschlacht der Entwurzelten mit einem energischen Hinweis auf die fortgeschrittene Uhrzeit. Rupert schaute erleichtert in die Runde, und wir verabschiedeten uns brav. Eines war mir klar: Der Kontakt zu meinem Gastgeber würde vorerst nicht mehr abbrechen. Zu viel Angst schaute aus Ruperts Augen, die mir stummes Einverständnis signalisierten. Ich spürte, dass er reden würde, doch auch, dass er das Thema nicht in dieser Runde ansprechen wollte. Um ihn nicht vor den anderen bloßzustellen, heuchelte ich, was das Zeug hielt. Für Rupert und für dich, Richie. Denn ich werde dein Gespenst nicht eher loswerden, bis ich die Sache mit dir nicht aufgeklärt habe. Als Rupert meine Hand schüttelte, war ich also ganz der Frontkämpfer für ein aufgeklärtes, dem Mutterrecht verpflichtetes, staatenloses Gebilde ohne Krieg und sonstige böse Männererfindungen. Wir schauten uns wissend in die Augen, wie zwei Propheten einer neuen Zeit, in der es ganz normal sein würde, dass Mami einen Männerabend beendet.

Draußen in der frischen Nachtluft fragte ich Helmut, was Rupert Rammler eigentlich von Beruf sei.

»Rechtsanwalt mit Schwerpunkt Strafrecht«, lautete die freundliche Auskunft.

IX

Gerade noch rechtzeitig erreichte ich den Zug nach Nienberge-Häger. Dann mit dem Rad durch die Dunkelheit zu unserem Hexenhäuschen, das sich schwarz vom silbrigen Mondschein abhob. Ob meine Hex schon auf mich wartete? Ich stellte mein Rad in den Schuppen. Das Schloss der Haustür knirschte vertraut, als der Schlüssel den Zapfen zurückschnellen ließ. Drinnen war es ganz still, bis auf den Kühlschrank, der eintönig vor sich hin summte. Ich stieg die Treppe hinauf zu unserem Schlafgemach. Und da saß sie im Nachthemd auf dem Boden, mit offenem Haar und ganz vertieft über einem Leitz-Ordner. Das Knarren der Holzbohlen verriet mich, und so wendete sie lächelnd ihren Kopf.

»Guten Abend, schöner junger Mann«, schmeichelte sie neckisch.

»Hallo, Frau Doktor. Was machst du da?«

Für Sekunden kniff sie die Augen zusammen, als überlegte sie was. Dann entspannten sich ihre Züge.

»Ich lege einen Ordner mit der Beschriftung ›Feuer‹ an. Wenn es mal brennt, müssen wir schnell unsere wichtigsten Unterlagen beisammen haben, um sie zu retten. Das erspart uns viel Ärger.«

Sie lächelte erwartungsvoll. Und ich war von so viel Weitsicht wirklich angetan. Werdende Mütter sind immer noch die besten Strategen. Sie sind Agentinnen des Lebens und in der Verfolgung ihrer Ziele straight wie die Engel für Charlie.

»Ich bin beeindruckt, meine Organizerin«, raunte ich, bevor meine Lippen die ihren berührten.

Meine Finger nestelten an den etwas kitschigen Schleifchen ihres Nachthemdes herum, das mich an irgendeine Szene in einem Sissi-Film erinnerte. Sissi auf Madeira oder so. Katja war natürlich ein bisschen zu blond für Sissi, aber die Kaiserin von

Österreich ließ mich mit etwa zwölf Jahren die Wonnen der Männlichkeit erahnen, und frühe Graugansprägungen sind hartnäckig. Erst viel später erfuhr ich, dass Kaiser Franzl das mit den Sissi-Wonnen in realiter ganz anders sah. Meine Sissi ließ mich jedenfalls gewähren, und während ich ihr das Hemd abstreifte, klärte sie noch schnell die letzten Fragen.

»Sag mal, wo hast du denn deine Geburtsurkunde?«, gurrte sie unter meinen Kusssalven, als sie sich lang streckte. Ich versprach ihr noch, sie morgen rauszusuchen, und gemeinsam versanken wir im schäumenden Meer der Aphrodite.

Die mal wieder verstopfte Spüle erwartete mich am anderen Morgen zusammen mit den penetranten Zersetzungsgerüchen, die seit gestern aus dem Abfluss hochgestiegen waren. Die Sache mit Rupert und der Gravur im Feuerzeug hatte ich erst mal für mich behalten, weil Richie mir liebestechnisch bisher nur Ärger bereitet hatte. Meine Liebste war heute Morgen beim Ultraschall. Sie hatte mich eingeladen mitzukommen, weil man da auch das Herzchen schlagen hören könne, und überhaupt gingen die anderen Väter auch alle mit. Aber neun Monate braucht nicht nur die werdende Mutter, um sich über ihren neuen Job klar zu werden. Auch Samenspender brauchen mindestens die gleiche Zeit, um zum Vater zu mutieren. Irgendwie war ich ganz froh, dass Katja mit dem Abflussrohr nicht fertig geworden war. It's a man's world!

Die schwere Rohrzange lag schon auf dem Tisch neben dem Werkzeugkasten, als das Telefon läutete. Die Spüle musste noch ein wenig warten. Am anderen Ende raschelte es, als ob jemand in Papieren wühlte. Dann die gepresste Stimme:

»Hallo, hier Dr. Rammler. Sind Sie es, Tom?«

»Ganz genau, Rupert. Ich hätte dich auch noch angerufen. Haben wir uns nicht geduzt?«

»Ja, richtig. Ich rufe aus der Kanzlei an. Frühstückspause. Hör mal, Tom, es ist nicht so, wie es aussieht. Als du die Geschichte von Richies Tod erzählt hast, war ich völlig durcheinander. Ist ja wohl auch verständlich. Ich hab vor drei Jahren mit ihm zusammengewohnt.«

»Und das Feuerzeug?«

»Hab ich an mich genommen, als Richie ausgezogen ist. Er hatte es vergessen.«

»Aber gestern sagtest du, du hättest es aus den USA. Du hättest dort ein Praktikum gemacht.«

»Nein, ich sagte, es sei aus den USA. Das Zippo kommt ja schließlich aus den USA. Ein Praktikum hab ich da auch schon mal gemacht.«

Meine Stimme erhob sich in mosaischem Zorn: »Was bist du denn für ein Wortverdreher!«, blaffte ich ihn an. »Was kann ich dir denn jetzt noch glauben?«

Stille in der Leitung. Ich versuchte es wieder versöhnlich.

»Verständlich, dass du erschrocken warst. Aber jetzt sieht es so aus, als hättest du etwas zu verbergen.«

»Mann, ich hab doch nur mit Richard zusammengewohnt!«, erregte er sich.

»Ist ja schon gut. Mach dir nicht gleich in die Hose.«

Rupert entpuppte sich als richtiges Weichei. Er schien mir nicht gerade der Prototyp eines Mörders zu sein, der nach drei Jahren mal kurz seinen Ex-WG-Genossen um die Ecke bringt. Er meldete sich kleinlaut wieder:

»Nicht dass du mich noch verdächtigst! Deine Geschichte war ja ganz schön gruselig.«

Dieser Mann ging mir zunehmend auf die Nerven, doch meine Neugier ließ mich humorig sprechen.

»Also wenn wir uns darauf einigen, dass Stephen King gruselige Storys schreibt und ich gestern nichts als die Wahrheit berichtet habe«, erwiderte ich in einem Ton, den normalerweise Heinz Schenk zu Beginn des Blauen Bocks anschlägt, »dann halte ich dich nicht für den mordenden Gärtner vom Buddenturm. Wie findest du meinen außergerichtlichen Vergleich?«

Rupert lachte erleichtert auf. »Vielen Dank, Herr Kommissar. Ich hätte übrigens ja auch gar kein Motiv.«

Kurze Pause.

»Kommst du nächsten Dienstag wieder?« Das klang irgendwie besorgt. Gern hätte ich nein gesagt. Bitte nicht schon wieder dieses Geschwafel über bösen, dominanten Sex und gestörte Verbindungen zu sich selbst.

»Na klar«, hörte ich mich flöten.

Kommissar Tom hatte Blut geleckt. Eine Strategie zeichnete sich ab. Sie funktionierte nach der Formel: Je mehr Bekannte von Richie, desto mehr Informationen über ihn. Je mehr Information über ihn, desto eher Aufklärung über sein Schicksal.

»Hör mal, wenn du mal mit Richie zusammengewohnt hast, kennst du doch sicher auch noch ein paar Freunde von ihm, oder?«

»Eigentlich nicht«, quäkte es aus dem Hörer, »höchstens ...«

»Höchstens wen?«

Er zierte sich offenbar. Vor meinem geistigen Auge hampelte Rupert jetzt nervös in seinem Schreibtischsessel und überlegte angestrengt, wie er hier rauskam.

»Du hast doch Rike kennen gelernt.«

»Ja, und weiter?«

»Da gab es natürlich jede Menge Frauen vor ihr.«

Er spielte jetzt den Casanova, der auf ein langes, wollüstiges Leben zurückblickt. Sicher, Rupert. Keine Frau kann einem Warmduscher wie dir widerstehen.

»Und mindestens eine davon kannte Richie, richtig?«, drängelte ich.

»Ja, richtig. Sie heißt Dorothea, Dorothea Animod.«

»Wo wohnt denn die Lady?«

Rupert zögerte einen Moment. »Weiß ich nicht«, gab er knapp zurück.

»Warum hast du denn deine Dorothea verlassen? Wegen Ulrike? Oder hat sie dich abgeschossen?«

»Dorothea? Also die war mir einfach zu flippig. Sie hatte sich doch tatsächlich einen Ring durch die Nase gezogen. Wie eine Kuh.«

Ruperts Lachen klang nicht gerade authentisch. Dorothea

Animod hieß also das Mäuschen in der Falle. Ich griff nach unserem Telefonbuch.

»Tom? Bist du noch da?« Rupert klang irgendwie hektisch.

»Äh, ja klar.«

»Dann haben wir ja alles besprochen. Meine Frühstückspause ist jetzt auch zu Ende. Bis nächste Woche also.«

»Bis nächste Woche.«

Ich hatte inzwischen einige Übung im Verdrängen erlangt, was mich dazu verleitete, die Männergruppe mit einem virtuellen Stempel zu versehen, Aufschrift: »Erledigt«. Ich hatte nicht vor, die Jungs wieder zu sehen.

Aber Dorothea! Noch bist du die große Unbekannte, doch wirst du Schnüffler Tom hoffentlich helfen können, wenn er dich erst mal hat. Du hast Richie gekannt. Im Telefonbuch stand sie leider nicht.

Es könnte freilich auch sein, dass mein alter Blutsbruder von irgendeinem Obdachlosen für ein paar Mark, oder soll ich sagen für eine Hand voll Dollar erschlagen wurde. Aber dann wäre die Leiche nicht spurlos verschwunden. In einem Punkt war ich mir sicher: Entweder ich spinne komplett, oder jemand hatte Richie gezielt beseitigt. Ich musste Dorothea finden.

Die Zange ächzte, als sich die Muffe knirschend löste. Aus dem geöffneten Rohr klatschte eine grüne Suppe, die mich entfernt an Linda Blairs Auswurf in »Der Exorzist« erinnerte. Ich beseitigte den Unrat mittels Aufnehmer und Plastikeimer. Ein Leben als Hausmann erschien mir immer reizloser. Sollte doch Kinderärztin Katja die werdende Mutter im Sumpf der öden Alltäglichkeiten spielen! Okay, fair war das nicht, aber mich dürstete es zunehmend nach abstrakter Gedankenarbeit. Wer war ich eigentlich? Ein Taugenichts? Mr. Nobody? Ein Vater jedenfalls noch nicht. Eine längst verschüttet geglaubte Sehnsucht nach dem Philosophischen Seminar schlich sich in mein Herz zurück. Ich lechzte förmlich nach sicherer Erkenntnis über die Welt und mich. Jetzt eine Prise Wittgenstein, dachte ich, das ist es, was du brauchst. Eine passende Vorlesung war glücklicherweise im Verzeichnis aufgeführt. Warum also nicht schon morgen ins Seminar? In solcherlei Gedanken versunken, schrillte erneut das Telefon.

»Ja bitte?«

Stille am anderen Ende. Ich wollte gerade den Hörer in die Gabel werfen, als eine ältere, männliche Stimme herausschnarrte: »Legen Sie nicht auf, junger Mann. Ich würde Sie gern sprechen.«

Wenn mich schon jemand junger Mann nennt, werde ich misstrauisch. »Wer ist denn da?«

»Es geht um Richard. Morgen um vierzehn Uhr an der Kanalbrücke Warendorfer Straße. Haben Sie Zeit?«

»Nur wenn ich erfahren dürfte, mit wem ich es zu tun habe.«

»Ich muss unser Gespräch jetzt beenden. Kommen Sie morgen zur Kanalbrücke. Und seien Sie diskret.« Der Mann war es offenbar gewohnt zu delegieren, statt zu antworten.

X

Das barocke Schloss am Hindenburgplatz – errichtet, als es noch Fürstbischöfe gab – ist eine Perle westfälischer Baukunst und dient heute als Standort einer weiteren unzweifelhaften Zierde unserer Stadt, der Verwaltung, in diesem Fall der Verwaltung der Westfälischen-Wilhelms-Universität. Es beherbergt neben dem Studentensekretariat aber auch Hörsäle, in denen schon mal über Hegel, Nietzsche und andere gelesen wird. Was heißt gelesen? Da gibt es Professoren, die wild gestikulierend ihrem Überschwang Ausdruck geben, wenn sie mit zitternder Stimme Leibnizens beste aller Welten deklamieren. Andere wiederum scheinen ohne allzu große Umwege von Weinbergschnecken abzustammen, die behäbig über das vorgefertigte Manuskript kriechen. Hier bekommt der Begriff »Vorlesung« eine wahrlich tragische Note. Hoffnung macht da der ein oder andere zugewanderte Dozent, der sich auch schon mal mit Logik und Semantik befasst. Zusammen mit nur fünf weiteren Kommilitonen lauschte ich andächtig den Ausführungen über Wittgensteins »Tractatus«. Der Dozent schien was von der Sache zu verstehen, denn ich langweilte mich nicht eine Sekunde. Vorlesungen dieser Art beruhigen mich seltsamerweise, weil es da um Wahrheit in einem ganz profanen Sinne geht. Was in jener Nacht, als ich Richie sah, geschehen ist, weiß ich nicht hundertprozentig, aber dass eine Tautologie immer wahr ist, kann man nicht sinnvoll bezweifeln. Die Sonne der Logik wärmte mich! Als sich dann die goldenen Zeiger der Schlossuhr über die Eins schoben, holperte ich auf meiner Leeze gut gelaunt über das Kopfsteinpflaster zum Hindenburgplatz. Nach einem kulinarischen Zwischenstopp in der Juristenkantine steuerte mich mein Rad wie durch Zauberhand gelenkt in Richtung Kanal. Auch ein Kommissar braucht den Müßiggang, und dieser goldene Spätherbsttag lud einfach zur Naturbetrachtung ein. Man sagt über Münster, es sei ein meteorologisches Regenfass, doch heute erstrahlte der Himmel in schönstem Hellblau. Ich lenkte mein Rad an der Bushaltestelle »Danziger Freiheit« vorbei in die Admiral-Spee-Straße und von dort geradeaus zur Kanalbrücke. Ich lasse mich natürlich nicht kommandieren, aber die Recherche nach Richie erforderte mein Entgegenkommen.

Nach etwa einer Viertelstunde kontemplativen Wartens fuhr ein dunkelblauer Mercedes-Benz heran und parkte breit neben dem Rasen, auf dem sich im Sommer die Badefreunde tummeln.

Der Fahrer war ein älterer Herr mit Halbglatze, der nun gemächlich seinem Fahrzeug entstieg. Es gibt Opas, die unglaublich schnell cholerisch werden, ihren Dackel auf Langhaarige hetzen und komischerweise alle so ähnlich aussehen wie dieser rotbackige Mann, der gerade mit glasigen Augen auf mich zuschritt.

»Sind Sie Herr Tom Winkler?«, fragte er in einem Ton, der entfernt an ein Verhör gemahnte. Eigentlich hatte ich keinen Bock auf so einen autoritären Nazistil, aber dass dieser Homo sympathicus etwas über Richie wusste, machte mich neugierig.

»Und Sie sind Herr …?«, fragte ich gereizt.

»Schon gut, junger Mann. Regen Sie sich mal nicht auf. Ich bin Richards Vater.«

Mir fiel es wie Schuppen von den Augen. Als Kind kommen einem die Erwachsenen wie Riesen aus einer anderen Welt vor, die dich tätscheln, kommandieren, aber auch ängstigen. Dieser Riese zumindest war mächtig geschrumpft. War es möglich, dass sich Richter Müller an den kleinen Tom erinnerte? Dann fiel mir die Sache mit dem Foto bei Frau Müller ein.

»Ihre Frau hat Ihnen von mir erzählt, stimmt's?«, wollte ich wissen, und er nickte kurz. Soso, dachte ich und kam dann zur Sache.

»Was wollen Sie denn von mir, wenn ich mal so fragen darf?«

»Ich möchte mit Ihnen über meinen Sohn reden.«

Bin ich die Auskunftsstelle? Was wusste ich denn schon von Richie? Doch vielleicht konnte er mir ja wichtige Informationen geben.

»Gehen wir ein Stück spazieren, Dr. Müller«, bestimmte ich.

Er lachte kurz auf. »Spazieren gehen. Als ich in Ihrem Alter war, hatte ich keine Zeit zum Spazierengehen.« Doch er fügte sich.

Während wir die ersten Meter stumm am Wasser entlangschritten, arbeiteten meine Nerven mit Hochdruck. Die Suche nach dem Mörder von Richie musste sich natürlich auf alle erstrecken, die ihn kannten, also auch auf Richter Müller. Andererseits war ich alarmiert, denn auch die heilige Inquisition versuchte es immer erst im Guten, bevor sie zu anderen Mitteln griff. Irgendwas, so viel war klar, wollte auch Richter Müller herausfinden. Sonst hätte er mich nicht hierhin gelotst. Jetzt bloß den richtigen Einstieg finden! Machiavelli rät in einer solchen Situation, selbst die Initiative zu ergreifen. Ich versuchte es mit einem einfühlsamen Intro:

»Haben Sie schon etwas von Ihrem Sohn gehört, Herr Müller?«

»Doktor Müller bitte.«

Nerven behalten, Tom! Der provoziert nur.

»Natürlich. Doktor Müller.«

Er blieb kurz stehen, schaute mit einem seltsam leeren Blick in die Ferne. Dann wandte er sich zu mir: »Wir wissen nichts über seinen Verbleib.«

»Das tut mir Leid.«

Müller atmete tief durch.

»Richard hat uns schon immer Probleme gemacht. Meine Frau konnte keine weiteren Kinder bekommen, und so ist er unser einziges Kind. Ein Sorgenkind. Vielleicht ist es besser, wenn wir ihn nicht wieder sehen.«

Achtung, Falle!, dachte ich. Er wird ihn nicht wieder sehen, aber wenn du jetzt quatschst, hetzt dir der Richter die Bullen auf den Hals. Höchste Konzentration war angesagt.

»Und Sie, Tom? Geht es Ihnen gut?«

»Oh ja. Ich bin bald mit meinem Studium fertig.«

Das war zugegeben eine feiste Lüge, aber ich versuchte mich irgendwie in des Richters Vorstellungswelt von einem gelungenen Leben zu quetschen.

»Na ja, Sie sind ja auch schon lange genug dabei, nicht wahr?«

Er erwartete nicht wirklich eine Antwort.

»Sagen Sie mal, Tom: Sie haben doch meiner Frau von Ihrem gemeinsamen Abend mit Richard erzählt – was vermuten Sie, hatte er in der nächsten Zeit vor?«

Es ist wie im Judo. Lass deinen Gegner ins Leere laufen und nutze seinen Schwung.

»Er erzählte was von Schwierigkeiten mit Ihnen. Stimmt das denn?«

Müller machte eine wegwerfende Handbewegung. »Was hat der Junge denn erwartet? Etwa einen Scheck dafür, dass er seine eigene Mutter geschlagen hat? Er kann wirklich froh sein, dass wir ihn nicht angezeigt haben.«

Keine Ahnung, wovon der Richter sprach, aber eine zusätzliche Schippe Kohle ins Feuer konnte nicht schaden.

»Ja, das war wirklich nachsichtig von Ihnen. Er war trotzdem ziemlich ungehalten über Ihre Reaktion, wie Sie sich ja denken können.«

Es war das reinste Stochern im Nebel, doch nun hob sich die Dunstglocke, und hervor strahlte eine glasklare Ansage.

»Keinen Pfennig erhält er nach unserem Tod. Niente! Er hat es einfach zu weit getrieben!«, erregte sich der Richter, und seine Stimme überschlug sich dabei. Wild funkelten mich seine Augen an. Es vergingen einige peinliche Sekunden, bis er sich wieder fasste. Ich hatte so wissend und verständnisvoll wie irgend möglich aus der Wäsche geschaut, um ihn zum Plaudern zu bringen, doch jetzt drohte er *mich* zu löchern. Frage, und du wirst nicht befragt!

»Ihre Frau hatte mir ein Foto von einer Blondine gezeigt. Kennen Sie denn die Dame?«

Der Richter zuckte die Achseln. »Wer soll das schon sein? Irgendeine Tusnelda meines ach so sauberen Sohnes. Das Foto wurde wahrscheinlich in den USA geschossen. Die Rückseite hat einen englischen Datumsaufdruck. Ich weiß wirklich nicht, warum das Foto meiner Frau so wichtig ist. Geholfen hat es uns jedenfalls noch nicht.«

Tiefes Durchatmen meinerseits. Eigentlich hatte ich immer schon gewusst, dass die Katzenfrau nicht Katja war, aber es war trotzdem schön, letzte Sicherheit zu bekommen. Meine Süße war schon mal in Schottland und auch Irland gewesen, aber noch nie in den USA. Das hätte sie mir erzählt!

Wir spazierten eine ganze Zeit lang schweigend nebeneinander her. Dann blieb Dr. Müller stehen und schaute mir in die Augen wie ein Hypnotiseur:

»Und er hat Ihnen weiter nichts erzählt?«

Agent 007 verzog keine Miene. »Nein. Sollte er?«

Der Lügendetektor gab keinen Mucks von sich, und die feinen Nadeln blieben schön auf Linie. Ich war cool wie ein Eisblock.

Die Vernehmung schien beendet, denn Müller wandte sich ab, um weiterzugehen. Es ging von nun an um so wichtige Dinge wie das aktuelle Wetter heute und das vermutete in der nächsten Woche. Nach einer Ewigkeit hatten wir endlich seinen Benz erreicht. Er öffnete die Tür, ließ sich ins Sitzleder fallen und schob eine Kassette in den Rekorder. Aus den kleinen Boxen im Heck bimmelte Freddy Quinns »Brennend heißer Wüstensand« nach draußen. Qual, Qual, Qual spürte ich ob der drei Akkorde, die mir merkwürdigerweise bei einem gepflegten Punkstück nichts ausgemacht hätten. Nun griff Richter Müller ins Jackett und zog einen Fünfzigmarkschein heraus. Lächelnd hielt er ihn mir vor die Nase und nuschelte:

»Hier, gönnen Sie sich mal einen vernünftigen Haarschnitt.«

»Nee danke, die Kohle behalten Sie lieber für das neue AC/DC-Album.«

Ich hatte verstanden. Vielleicht gibt es ja ein Großkotz-Gen in Richter Müllers DNS, das er an Richie weitervererbt hatte.

Ich schloss mein Rad auf. Solche Leute können mich mal kreuzweise! Bilden sich was drauf ein, mit Geld um sich werfen zu können. Ich hörte die Wagentür zuschlagen und den Motor aufheulen. Vor mir lag ein langer Weg nach Hause, wo Katja hoffentlich auf mich wartete. Während ich in Richtung Bahnhof radelte, gingen mir Dr. Müllers Fragen durch den Kopf: Was Richie mir wohl erzählt haben könnte, und was er wohl vorgehabt hätte. Und dann diese Enterbung wegen angeblicher Muttermisshandlung. Ich konnte mir beim besten Willen nicht vorstellen, dass Richie seine Mutter geschlagen haben sollte. Aber wenn doch? Genügte es dann nicht, ihn einfach los zu sein? Es schien doch alles keinen Sinn zu machen. Mir wurde zunehmend bewusst, dass ich Richies Tod nicht mehr aus meinem Leben heraushalten konnte. Das war alles kein Zufall mehr – das war Schicksal.

XI

Die nächste Zeit stand ganz im Zeichen eines schief hängenden Haussegens, weil Katja an mir herumnörgelte, dass ich befürchtete, in der Folge Neurodermitis oder sogar Krebs zu bekommen. Ich solle nicht so viel verrückte Bücher lesen, sondern lieber das Bad schrubben oder mich anders nützlich machen. Sie gab mir dauernd das Gefühl, aufs falsche Pferd gesetzt zu haben, als sie mich ausgesucht hatte. Zu all dem Stress kam noch, dass ich zufällig eine Urlaubspostkarte älteren Datums von meinem alten WG-Mitbewohner Matze im Müll gefunden hatte. Leider sah ich sie da zum ersten Mal. Katja bestritt heftig, sie entsorgt zu haben, doch wer, wenn nicht sie, sollte das gewesen sein? Das alles ging mir dermaßen an die Substanz, dass ich nach einem vergeblichen Versuch beim Einwohnermeldeamt die Suche nach Dorothea vorläufig auf Eis legte. Auch die Männergruppe verhieß mir in dieser Kälteperiode nur zusätzliche Nervereien durch das ganze Psychoblabla. Trostlose Einsamkeit schleifte mich in den Dezember, und nur die kleinen Signale der Annäherung von Katja, die sie ab und an aussandte, ließen mich hoffen.

Ich weiß noch, dass es Freitag der Dreizehnte war. Noch lag kein Schnee, dafür aber vorweihnachtliche Feststimmung in der Stadt. Überall eingemummelte Leute mit schweren Tüten und quengelnden Kindern an den Händen.

Gähnende Leere dagegen, als ich gegen achtzehn Uhr unser Häuschen betrat. Auf dem Küchentisch lagen zwei Ultraschallbilder und ein Zettelchen, das hellblau beschriftet und mit einem Herzchen unterzeichnet war.

»Es wird ein Junge«, stand da, »bin zu meinen Eltern. Komme Sonntag wieder.«

Surprise, surprise! Die junge Frau hatte also doch noch Eltern, die es zu besuchen lohnte. Sie hatte es stets abgelehnt, über die Spießer, wie sie sie nannte, auch nur ein Wort zu verlieren. Ich setzte mich auf einen unserer blau angemalten Holzstühle und hielt die Fotos unter die Glühbirne, die immer noch verloren von der Decke hing.

Da schwimmt also unser Wonneproppen in Schwarzweiß. Du kleiner Hosenscheißer hast eigentlich mehr Ähnlichkeit mit einer Eidechse als mit mir. Aber ich bin doch froh, dass es dich bald gibt und ich dein Papa bin. Babys sind nämlich mein Spezialgebiet. Vor vielen, vielen Jahren hatten wir mal eine Hausgeburt in unserer WG. Martina hieß die stolze Mutter, eine Musikerin, die ihren Bauch mit dem Kölnkonzert von Keith Jarrett dauerbeschallt hatte. Sie hatte uns zu einem eingespielten Team getrimmt, das in Windeseile auf ihr Kommando eine Plastikfolie über das Matratzenlager spannen konnte, damit nicht alles voll blutete. Die ständigen Geschwindigkeitsrekorde waren natürlich übertrieben, denn einmal Aufspannen dauerte höchstens zwei Minuten, während die Geburt, wie sich dann herausstellte, volle vierundzwanzig Stunden in Anspruch nahm. Zwecks Muttermundöffnung schleiften wir Martina unter die Arme gehakt immer wieder den Flur entlang. Unter maximaler Ausnutzung der Gravitation und unseres Goodwills ließ sie sich dann vertrauensvoll fallen, und wir fingen sie abwechselnd auf. Möglich, dass die Aktion nicht allzu viel gebracht hat, aber die ganze WG mutierte auf diese Weise zu einer einzigen großen Mutter. Ja, und dann kam ein Baby wie du auf die Welt: blau angelaufen und mit lang gezogenem Schädel. Wir freuten uns scheckig und legten es erst mal zu Martina. In der Küche schlug uns die Hebamme später vor, die sehr nahrhafte Plazenta nach kurzem Anbraten zu verspeisen. Mutterkuchen medium. Wir winkten dankend ab. Stattdessen sind wir in der folgenden Nacht auf Beschluss des hohen WG-Rates losgezogen und haben eine Blutbuche in Nachbars Garten gepflanzt. Der in die Erde vergrabene Mutterkuchen nährte das Wurzelwerk, und noch heute steht der Baum in einem Hinterhof der Dortmunder Straße. Das Baby aber wuchs und gedieh, wie es sich für einen ordentlichen Säugling gehört. Ja, so ging das damals, als meine Semesteranzahl noch einstellig war.

Draußen begann es zu plästern. Der Wind hatte eine undichte Fuge im Gemäuer der alten Küche gefunden und pfiff nun seine traurige Melodie zum eintönigen Summen des Kühlschranks. Die Fötusfotos waren eigentlich eine Nummer zu abstrakt, um mich wirklich als Vater fühlen zu können. Ich bemerkte wieder diese lähmende Einsamkeit. Keine wärmende Katja weit und breit, keine erwartungsfreudige Großmutter. Meinen Vater hatte ich nie kennen gelernt, und mein Sohn war noch im Werden. Der Dezemberblues kroch in mir hoch, während Graupelregen gegen die Scheiben trommelte. Doch wenn man ganz still war und genau hinhörte, konnte man leise Stimmen aus dem Keller vernehmen. Mein Blick fiel auf die Holztreppe, die hinunterführte. »Komm Brüderchen, trink mit uns«, hallte es herauf, das Klirren von Gläsern war zu hören und das Gluckern köstlichen Weines …

Tock, tock, tock. Ein Teufelchen hatte meinen Schädel in eine Vorrichtung geklemmt und hämmerte auf ihm wie auf einer Walnussschale. Mir schien es, als erwachte ich soeben aus einem Hieronymus-Bosch-Traum mit pochendem Schmerz in den Schläfen und gefrorenen Gliedern. Vor meinen halb geöffneten Augenlidern stapelte sich ein Stillleben mit Flaschen, dessen Besonderheit darin bestand, dass alle Behältnisse auf dem kargen Holztisch leer bis auf den letzten Tropfen waren. Im Takt meines Atems stieg Wasserdampf in das Bild. Willkommen in der Reality! Der Küchenofen war erloschen und das Thermometer unter null gestürzt. Ich hob meinen schweren Kopf und blickte aus dem Fenster: Durch die glasige Eisschicht war ein frostiger Belag zu sehen, der sich über die Weidenzäune, Ackerschollen und Baumwipfel gelegt hatte. Meine Knochen knirschten, als es zur Katzenwäsche an die hundertprozentig abflussfreie Spüle ging. Zunächst sah es so aus, als sei die Leitung eingefroren, doch dann klatschte mir eiskaltes Wasser ins Gesicht, überraschte mich geradezu, obwohl meine Hände eindeutig daran beteiligt waren. Reiß dich zusammen, Tom! Du hast schon andere Auferstehungen durchlebt.

Ich machte mir Vorwürfe, schon wieder gesoffen zu haben. Aber wenn man Staatsanwalt und Richter zusammen ist, fällt das Urteil doch meist milder aus, als man es vielleicht verdient hätte. Der Richter in mir lauschte einem flammenden Plädoyer der Verteidigung, in dem es um vorgezogene Vaterfreudenfeiern, verdiente Feierabende und derlei mehr ging. Schließlich fiel der Urteilsspruch: Großeinkauf auf dem samstäglichen Markt mit Fahrradanhänger wegen leichtfertigen Besäufnisses in Tateinheit mit Rotverfärbung unschuldiger Ultraschallföten durch fahrlässige Burgunderüberschwemmung.

Wegen der Ultraschallbilder hatte ich wirklich ein schlechtes Gewissen, denn Spültuch und Föhn konnten nur die gröbsten Spuren beseitigen. Vielleicht, ging es mir durch den malträtierten Schädel, lässt sich ja ein Streit mit der vermutlich gekränkten Mutter bereits im Vorfeld abbiegen, wenn sie am Sonntagabend ein wohlschmeckendes Abendmahl aus gesunden Landwirtschaftsprodukten vorfindet. Ich überlegte: Das Plastik über der Spüle zeigt zehn Uhr an, es ist nach wiederholter Überprüfung eindeutig Samstagmorgen, und hier ist es zurzeit bitterkalt.

Ein langer, harter Weg stand mir bevor, doch am Ort meines Versagens zu bleiben, erschien mir noch weniger einladend. In meine dicke Winterjacke eingemummelt, bewehrt mit schweren Schuhen an den Füßen sowie Fäustlingen über den Händen trat ich ins Freie. Frostige Luft wehte um meine Nase. Eiskristalle erschwerten das Öffnen der Schuppentür. Dann holperte ich mit Leeze und Anhänger die Querfeldeinroute entlang, die vorbei an Wiesen, Wald und Äckern vom Hägerfeld unter der A1 hindurch in die Gasselstiege führt.

Der Paulus Dom erhob sich in stoischem Gleichmut über das samstägliche Menschengetümmel zu seinen Füßen. Generationen von Münsteranern sind sich wohl über die Zeiten hinweg nicht einig geworden, was der Dom denn nun eigentlich ausstrahlen soll: romanisch-irdenes Schwergewicht oder gotisches Himmelsstreben. Herausgekommen ist jedenfalls ein Kompromiss, mit dem ich leben kann und wohl auch muss, denn trotz seines künstlerischen Kuddelmuddels hat er noch heute den klobigen Charme eines Felsens in der Brandung frei nach Luthers Motto: Hier steh ich, und ich kann nicht anders.

Wie jeden Samstag war der Kopfsteinpflasterplatz mit Buden und Ständen zugestellt, hinter denen junge Landmänner, derbe Bäuerinnen und jobbende Kommilitonen ihre Ware feilboten. Wie auf jedem anständigen Markt gab es neben dem üblichen Käse, Obst und Gemüse Süßigkeiten aus dem nahen Holland, Oliven aus dem fernen Griechenland und last not least den Kaffeestand, wo der gesammelte Tratsch der Woche seine Abnehmer fand. Vorbei an Blumensträußen in Eimern und Tischen mit gestapelten Wintersocken zog ich meinen Anhänger nunmehr ohne Rad durch die künstliche Gasse vorbei am mächtigen Dom zur Kaffeeecke.

Den noch leeren Anhänger hochkant auf dem Kopfsteinpflaster abgestellt, drängelte ich mich zur Theke vor. Dem Duft würzig gerösteten Kaffees sollte gerade die wärmende Mundspülung folgen, als mein Blick überraschend einen Bekannten ausmachte. Rupert Rammler hüpfte zwei Meter neben mir fröstelnd von einem Bein aufs andere. Dabei lauschte er andächtig den Ausführungen seiner Ulrike, die nebenbei immer mal wieder am dampfenden Becher schlürfte und mich nun auch entdeckt hatte.

»Hallo«, rief ich erfreuter, als mir tatsächlich zumute war. Sie nickte mir mit dem kurzen, unverbindlichen Lächeln einer Parfümverkäuferin zu, so dass sich nun auch Rupert umdrehte.

»Hallo, Tom«, ertönte es aus seinem Bart, und sein Mund verzog sich zu einem aufmunternden Lächeln. Er schien mir meinen Absprung von der Männergruppe nicht übel zu nehmen, vielmehr sich aufrichtig zu freuen. Dann die Frage aller Fragen:

»Was machst du denn hier?«

Ich mag speziell diese Frage nicht, weil mir dann nie etwas Intelligentes einfällt, außer etwa: »Ich trinke gerade Kaffee. Und du?«

Er verdrehte die Augen ein bisschen und zwinkerte mir zu.

»Weihnachtseinkäufe. Du weißt schon. Wir müssen noch Spielzeug für unsere Patenkinder besorgen. Aber ehrlich gesagt, hab ich keine große Lust dazu.«

Ulrike hatte verstanden. Ganz im Sinne des Festes der Nächstenliebe überreichte sie Rupert die vollen Plastiktüten, die vorher zwischen ihren Beinen gelagert hatten. Sie schien ehrlich nachgiebig:

»Bleib du nur hier, Rupi«, lächelte sie freundlich hinter ihrer Hornbrille, »es macht mir nichts, allein einzukaufen. Ist in dem Trubel auch viel weniger anstrengend. Pass du nur auf die Tüten auf.«

Rupert schaute sie dankbar an, während er das Konsumgepäck neu ordnete. »Danke, Rike, äh Ulrike.«

»Wir treffen uns um vierzehn Uhr am Lambertibrunnen«, bestimmte sie noch, während sie schon damit begann, sich den Weg durch die Menge zu bahnen. Rupert winkte kurz hinterher.

»Mächtig kalt geworden, nicht wahr?«, eröffnete ich.

»Kannst du wohl laut sagen«, gab er betont schlotternd zurück. Dabei rieb sich der dürre Hering demonstrativ seine mit Wollhandschuhen geschützten Flossen. In vino veritas, schoss es mir plötzlich durch den Kopf. Ich beschloss, Rupert noch einmal wegen Richie zu löchern.

»Sag mal, hast du Lust auf einen heißen Glühwein mit Schuss? Ist doch Weihnachtsmarkt!«

»Ja weißt du«, zögerte er, »eigentlich wollten Rike und ich nachher noch Glühwein trinken. Wir gehen jedes Jahr zum Prinzipalmarkt Glühwein trinken.«

»Na hör mal«, provozierte ich im Ansatz scheinbeleidigt, »da können wir doch schon mal etwas vorlegen.« Sein Lächeln signalisierte Einverständnis.

Man musste sich schon ziemlich in Acht nehmen, um nicht dem glatt gefrorenen Kopfsteinpflaster in der Domgasse zum Opfer zu fallen. Eisigblauer, wolkenloser Himmel und davor der spitze, neugotische Kirchturm von St. Lamberti, als ich hinter Rupert hertrottend über die Häusergiebel blickte.

Die blauen Holzbuden verdeckten unseren Treffpunkt Lambertibrunnen mit seinen drei etwas verwitterten Figuren komplett, so dass wir den nächstgelegenen Glühweinstand zum Aussichtsposten für das Wiedersehen mit Ruperts Angetrauter auserkoren. Man konnte jetzt die Eisenkörbe hoch oben am Turm des Bürgerdoms sehen. Des Fürstbischofs Gefolgschaft hatte im Winter des Jahres 1536 die Leichen der obersten Wiedertäufer »den Krähen zum Fraß und allen unruhigen Geistern zur Mahnung« dort hineingesteckt. Dort blieben die Symbole knallharten Machtanspruchs wie Insekten am Fliegenfänger bis zum heutigen Tage hängen. Die gruseligen Visagen der dämonischen Wasserspeier erinnerten mich immer an Anthony Quinn als Glöckner von Notre Dame.

Am Boden herrschte schon rege Geschäftigkeit im vorweihnachtlichen Ambiente. Nebenan gab es gut riechende Bienenwachskerzen zu kaufen, dahinter Holzspielzeug, und von der anderen Seite dampfte der Grünkohl mit Mettendchen herüber. In den Arkadenbögen der Geschäftshäuser hingen wie in jedem Jahr glühbirnenbestückte Adventskränze, die jedem Ignoranten die frohe Kunde in die grauen Zellen meißelten.

Wir standen vor einer Holzbude mit Stehtischen, wo es nach Zimt und Wein roch. Die Einkäufe von Bücking-Rammlers lagerten friedlich in meinem Anhänger, als die junge Dame hinter dem Ausschank uns die weihnachtlich verzierten Becher reichte.

Wein und Weib haben wir jetzt. Fehlt nur noch, dass du

singst, mein Freund. Mein Dackelblick schaute ihm vertrauensvoll in die Augen.

»Wir haben uns ja wirklich länger nicht gesprochen, nicht wahr?«

Rupert grinste. »Kann man wohl sagen, Kollege. Wie geht es denn so?«

Ich verspürte wenig Lust, ausgerechnet ihm meine Nöte aufzutischen. »Muss ja«, sagte ich achselzuckend, »kennst ja die Frauen. Die zicken manchmal herum.«

Rupert nickte verständnisvoll. Also setzte ich den Bohrer an.

»Obwohl ... Seine Freundin zu verlassen, nur weil sie einen Nasenring trägt, wär mir ja auch zu dumm ...«

Rupert lächelte verlegen. »Na ja, natürlich nicht. Da gab es noch was anderes.«

»Hatte es was mit Richie zu tun?«

Rupert lief puterrot an. »Mit wem bitte?«

»Mit Richard Müller. Du weißt doch: dein alter Mitbewohner.«

»Nein, mit dem hatte ich anderen Stress. Der hatte Mietrückstände, für die ich aufkommen musste, nachdem er sich verdünnisiert hatte. Man ist in einer WG gesamtschuldnerisch für die Miete haftbar. Ich könnte ihn zwar verklagen, aber fass mal einem Toten ins Hemd. Hast du übrigens inzwischen mehr herausgefunden? Wo die Leiche ist und so weiter?«

Rupert weckte freundschaftliche Gefühle in mir, weil er mein damaliges Erlebnis einfach so nahm, wie ich es der Gruppe erzählt hatte, kein Zweifel nagte an ihm ob meiner Darstellung.

»Leider nichts«, bedauerte ich. Ein lauwarmer Strom Glühwein rann mir durch die Kehle.

»Wie war denn Richie sonst so?«, fragte ich so beiläufig wie möglich.

»Ein richtiger Arsch«, bellte Rupert, wobei er in der Erregung mit seiner freien Hand auf die Holzbrüstung schlug. Die junge Glühweinverkäuferin schaute uns irritiert an und schüttelte missbilligend ihre Dauerwelle. Rupert ignorierte sie, redete sich in Rage.

»Einmal lieh er sich meine Pink-Floyd-Platten aus, und am anderen Tag hatten die einige zusätzliche Rillen, besser gesagt eklige Kratzer. Keine Spur von Entschuldigung. Ich hab dann sein Zippo beschlagnahmt. Oder die Geschichte mit Dorothea. Sie sitzt in der Küche, und er baggert sie hemmungslos an, während ich in meinem Zimmer am Examen arbeite. Sie hat es mir später erzählt. Aber was soll's. Ist alles lang her, und die Toten lässt man ruh'n.«

Rupert beruhigte sich langsam wieder. Jetzt erwachte der total verständnisvolle Psychotherapeut in mir:

»Und wie war das mit Dorothea?«

Ruperts Adamsapfel wanderte gleichmäßig auf und nieder. Er hatte wohl schwer zu schlucken.

»Doro hab ich auf einem Juristenball kennen gelernt. Sie ist ein Töchterchen aus reichem Haus. Ihr Vater ist irgend so ein Konzernheini und wohnt in Düsseldorf. Sie kam von da immer in der Woche nach Münster, um Theologie zu studieren. Nie hatte sie ein Bild von mir auf ihrem Schreibtisch, nur von Susi.«

»Von wem?«

»Susi, ihrem Reitpferd.«

»Gut, sie war eine verwöhnte Göre aus reichem Haus, aber das war dir doch schnell klar, oder?«

»Ja sicher.« Rupert nahm einen tiefen Schluck. »Alles verlief in geordneten Bahnen, aber eines Tages fing sie an, Punkplatten vom Flohmarkt mitzubringen. An der Uni war sie nur noch formal eingeschrieben. Papi überweist ihr noch heute brav das monatliche Salär, obwohl er anfangs von ihrem Aussehen geschockt war. Der glaubt doch tatsächlich weiterhin, dass Dorothea noch über dem Alten Testament grübelt. Dann wohl eher über den Tod von Sid Vicious, würde ich mal tippen.«

Er lachte bitter auf, nahm einen Schluck und schaute mich verständnisheischend an. »Du kannst dir ja vorstellen, dass das kein Umgang mehr für mich war.«

Da war es wieder! Das No-friend-Syndrom. Kaum kann ich den Typ einigermaßen leiden, häutet er sich wie eine Schlange, und heraus kriecht ein Spießer, wie er im Buche steht. Man konnte seine Kaumuskulatur arbeiten sehen.

»Na klar, Rupi. Das versteht sich doch von selbst.« Und dann probierte ich es erneut: »Wohnt die Schlampe noch in unserem schönen Westfalen?«

Ich erwartete ein Achselzucken oder Vergleichbares, aber zu meinem Erstaunen wusste Rupert in seinem Ärger plötzlich Bescheid.

»Tja«, lachte er gallig, »Geld hat die Kleine auch noch als Nina-Hagen-Verschnitt. Sie lebt in einem strohgelben Haus in der Heerdestraße. Beste Lage. Da säuft sie sich wahrscheinlich mit ihren neuen Kumpels durch den Tag.« Er bestellte zwei neue Becher.

»Und du hast dir dann eine solide Freundin gesucht?«

Rupert schaute selig in die Luft, als hätte er soeben eine Marienerscheinung.

»Rike hab ich kurze Zeit später kennen und lieben gelernt. Sie ist das ganze Gegenteil: intellektuell versiert und meine Gefährtin auf dem Weg zu wahrer Emanzipation. Keine Allüren, aber immer bereit, die Zwangsrollen der Geschlechter zu hinterfragen. Bei ihr darf ich auch mal Kind sein.«

Seine Augen waren ein bisschen feucht geworden, und mein Magen drehte sich wie eine Betonmischmaschine. In Gedanken resümierte ich das Ergebnis meiner Befragung. Richie hatte Rupert finanziell im Stich gelassen. Rupert zog als Rache des kleinen Mannes für zerkratzte Pink-Floyd-Platten Richies Feuerzeug ein. Eines Nachts brachte er Richie dann auf der Promenade um, weil dieser seine Freundin angegraben hatte. Alles Kinderkram! Kein echtes, knallhartes Motiv für einen Mord, lautete mein Befund. So begnügte ich mich mit der unerwarteten Auskunft über Dorotheas Wohnung als vorläufigem Ergebnis. Warum hatte er bei unserem letzten Telefonat gelogen? Mein Becher leerte sich in einem Zug und signalisierte Rupert meinen Aufbruch.

»Du willst schon gehen?«, fragte er enttäuscht.

»Ich hab noch einiges vor«, bedauerte ich ein bisschen scheinheilig, »einkaufen und kochen für meine Liebste. Eben wie ein guter Hausmann.«

Er nickte verständnisvoll und bestellte für sich einen neuen Trunk. »Also bis dann mal!«, rief er mir noch nach.

XII

Der oft matschige Feldweg von der Hägerstraße zu unserem Häuschen war jetzt völlig vereist, so dass der Boden dem Fahrradreifen nicht mehr nachgab. Mein Gefährt samt Anhängsel wälzte sich schwerfällig über die hart gefrorenen Höcker und Rillen in Richtung des alten Schuppens, an dessen Flanke drei kleine Fichten wurzelten. Schon aus der Ferne konnte man das Gerümpel sehen, denn das Tor stand noch von heute Morgen offen. Ich machte gerade Zwischenstation auf Höhe unseres Hauseingangs, um das Marktgemüse aus dem Hänger auf die kleine Steintreppe zu packen, als mein Blick an etwas Blauem hängen blieb. Unser Gehirn ist wohl vor allem dazu geschaffen, Neues zu registrieren, wohingegen das Gewohnte nur noch spärlich in unser Bewusstsein dringt. Neu und gänzlich ungewohnt war nun die Perspektive auf den Schuppen, die ich durch die schiefe Haltung meines Körpers beim Abladen eingenommen hatte. Ich verharrte kurz in dieser Position, um dieses Neue, das dort im Schuppen hinter einer Bretterwand hervorlugte, identifizieren zu können. Wir hatten uns aufgrund der Renovierungsbedürftigkeit unseres Häuschens nie besonders um den Schuppen gekümmert. Nur der vordere Teil wurde zum Abstellen von Fahrrad und Werkzeugen benutzt. Den hinteren Teil, der durch die besagte Bretterwand abgetrennt war, nahm eine verrostete VW-Karosserie unseres Vormieters in Beschlag. Wir hatten ihr bei Inspizierung unseres neuen Heimes kaum Beachtung geschenkt. Etwas Blaues war mir dort beim besten Willen nicht erinnerlich. Beim Näherkommen stellte es sich als eine Plastikplane heraus, die ein Areal von etwa eineinhalb mal zwei Metern hinter dem skelettierten Autowrack bedeckte. Nichts Besonderes an und für sich, doch meine Neugier zog mich unwiderstehlich hin.

Gespannt hob ich die Plane an und war für einen Moment enttäuscht, denn dort war nur frisches Erdreich angehäuft.

Was zum Teufel braucht es einen einfachen Erdhügel im Schuppen? Vielleicht unternimmt ja die talentierte junge Forscherin Katja Versuche mit Pflanzen im Winter? Keine Ahnung, was das zu bedeuten hatte, doch wollte ich der Wissenschaft nicht weiter im Wege stehen, parkte Leeze und Hänger wie gewohnt im vorderen Teil und trug das Gemüse aus dem Eingangsbereich in die Küche, wo es eigentlich auf den Tisch sollte. Aber der stand noch voll mit leeren Flaschen, die darauf warteten, entsorgt zu werden. Langsam muss System ins Chaos, dachte ich, packte das Grünzeug auf die Stühle und zog die schwere, gusseiserne Wanne aus unserem Bad vor den Tisch. Dann kippte ich letzteren derart, dass die Flaschen laut scheppernd in die Wanne flogen. Den Arm in gebührendem Abstand von mir gestreckt, zertrümmerte dann eine erbarmungslose Rohrzange diejenigen Kameraden, die das erste Inferno überstanden hatten. Unser privater Glascontainer war geboren! Phase zwei: Mittels einer alten Zeitung und einer Schaufel Kohlen entfachte der Profipyrotechniker, der auch sonst jeden Grill zum Glühen bringt, ein knisterndes Feuerchen im Ofen. Langsam wurde es kuschelig warm in der Küche. Endlich Phase drei: Vorbereitung eines exorbitanten Mahles für die gaumenverwöhnte, gesundheitsbewusste Freundin des Cooking-Organizers. Zum Glück hatte sie ihre makrobiotische Rettet-die-Welt-Phase bereits weit hinter sich gelassen, in der sie angeblich nur Obst und Algen verzehrt hatte. Es sollten die neuneinhalb Wochen der Gaumenfreuden für meine kleine epikureische Familie werden: Die Mutter meines Kindes würde mit strahlenden Augen hereinkommen, mich abküssen für meine unglaublich sinnliche Art, ihr meine Liebe zu zeigen, und dann schmausend meinen Neuigkeiten über Richie lauschen. Es würde sie freilich noch immer schmerzen, mich als halluzinierenden Suffkopp hingestellt zu haben, der sich Richies Tod nur unbewusst gewünscht hatte. Natürlich *total* unbewusst, und deshalb leider auch für mich nicht nachprüfbar. Seit unserem Streit über das Mädchen auf dem Foto hatte ich sie nicht mehr mit Richie behelligt. Sollte ich ihr überhaupt von Ruperts Auskünften erzählen? Das Küchenmesser schrabbte unter meiner sachkundigen Führung die Möhre entlang. Nein, nein: Frauen mit Baby im Bauch sind nicht offen für Geschichten über alte Spielkameraden, die tot in den Büschen liegen.

Dorothea ging mir durch den Kopf. Ich spürte, dass der Kommissar in mir schon längst wieder Nachtschichten schob, während der werdende Vater noch verschlafen das Nest baute. Das Messer hackte gleichmäßig die lange Wurzel in viele kleine Scheibchen. Ein gelbes Haus in der Heerdestraße, hatte Rupert gesagt. »Bei der nächsten Gelegenheit schaust du da mal vorbei«, hörte ich Derrick bestimmen, während Harry schon mal den Wagen vorfuhr.

Von draußen war jetzt tatsächlich ein Motorengeräusch zu hören, das nicht von Katjas Renault stammen konnte. Das war eher der sportliche Sound eines Boxermotors. Ich schaute aus dem Fenster. Da stand ein blitzsauberer, knallroter Porsche neunhundertelf Cabrio mit Düsseldorfer Kennzeichen im eisüberzogenen Dreck. Nicht gerade billig!

Das Haustürschloss sprang auf, und Katja fegte mit ungewohnter Energie herein, beide Arme mit Taschen beschwert.

»Hey, hey«, rief ich erfreut, »wolltest du nicht erst morgen kommen?«

»Stimmt«, pustete sie außer Atem, während sie die Taschen auf dem Boden abstellte. Sie signalisierte mir, dass sie etwas Zeit brauchte, um anzukommen. Auf dem Weg zum Bad glitt ihr Mantel umstandslos auf den Boden. Gentleman Tom räumte hinter ihr her und hängte den Kunstfellnerz an die Vorrichtung, die er extra dafür im Eingangsbereich angebracht hatte. Ich war glücklich, sie wieder im Badezimmer klappern zu hören. Einsame Winternächte auf dem Lande, wo du die Wölfe heulen hörst, liegen mir nicht. Auch wenn es hier keine Wölfe gibt. Höchstens menschliche, wie schon Hobbes bemerkte.

»Was machst du denn da?«, hallte es aus dem Bad.

»Vorbereitung für ein leckeres Essen zu zweit«, rief ich.

»Du meinst ein Essen zu dritt«, reagierte Frau Besserwisser lachend.

»Sag mal, hast du im Lotto gewonnen? Wie kommst du denn an diesen heißen Schlitten?«

»Ist von Papa.« Sie kam frisch frisiert zurück und schaute mich ihren Kugelbauch keck vorreckend an. »Nur geliehen«, sagte sie, »bis Weihnachten. Dann brauchen wir sowieso ein anderes Gefährt. Einen Bulli oder so.«

»Ich wusste gar nicht, dass dein Vater Potenzprobleme hat.«

»Wieso das denn?«, entgeisterte sie sich.

»Na wegen dem Porsche. Ist doch nur was für Zukurzgekommene. Jedenfalls psychologisch gesehen.«

»He, he«, drohte sie mit ironischem Unterton und erhobenem Zeigefinger, »du redest immer noch von meinem Papi.«

»Lässt du mich auch mal damit fahr'n?«

Sie zuckte lässig mit den Schultern. »Warum nicht? Wenn du damit klarkommst?«

Was sollte das denn nun wieder heißen?

»Moment mal, junge Frau. Ich hatte schon die Fleppe, als du noch dachtest, Lassie könnte denken und Flipper wäre dein Freund. Mein Kettcar hatte schon Servolenkung, als du noch in die Windeln gemacht hast. Als du noch …«

»Schon gut, schon gut«, unterbrach sie mich, während sie das Küchenmesser ergriff und weiter Möhren schälte. Ich war nicht in der Stimmung, mir neue Arbeit zu suchen. Mein Blick surfte über ihren kurvigen Körper, der trotz Umstandsmode all die Rundungen andeutete, die schon Adam und die Schlange vom Apfel abgelenkt hatten. Sie strahlte die Ruhe der Erdenmutter Gaia aus, geküsst von Eros, dem Gott der Liebe, und ihre Haut schien durch die Schwangerschaft noch zärtlichkeitsheischender.

Sie spürte wohl mein aufkeimendes Begehren und schnippelte doch weiter, als ob nichts wäre. Ich rückte näher an sie heran. Meine Hand streichelte zart über ihre Wange, während ihre straff gespannten Magneten das Eisen ausrichteten.

»Ich finde es sehr lieb von dir, dass du mir was kochen wolltest«, schnurrte sie. Sie griff sich den Blumenkohl und teilte ihn entzwei. Die Jeans lagen ihren Beinen betörend eng an.

»Wusstest du, dass man selbst Stammhirntote mit Vasopressin und Adrenalin noch eine Weile am Laufen halten kann?«, fragte sie plötzlich aus heiterem Himmel.

»Wie kommst du denn jetzt darauf?«, entgegnete ich so locker wie möglich, um nicht die Stimmung völlig zu ruinieren.

»Weiß nicht. Einfach so. Ich glaub, wegen letzter Woche. Wir haben da in so ein Gehirn geschaut, das aufgeschnitten in einer Art Einmachglas konserviert war.«

»Also ich weiß nicht. Ist doch jetzt kein Thema, oder?«

Sie weiß doch ganz genau, dass ein Pulk wild gewordener Hormone S.O.S. an meinen Neocortex funkt. Ich kann mich jetzt nicht auf medizinische Fachsimpeleien einlassen. Die Frage ist doch nur, ob der Küchentisch uns aushält!

»Okay, ich hör ja schon auf«, lächelte sie, »aber ich muss noch Blut abnehmen. Wir sollen das üben und die Blutgruppen bestimmen. Lässt du das morgen mit dir machen?«

Blutspenden ist ganz in Ordnung, aber ohne Kaffee und Kuchen?

»Alles mach ich für dich, mein kleiner Vampir, aber hör jetzt bitte auf zu schnippeln!«

XIII

Mein Blick wanderte zur Leuchtanzeige. Erst neun Uhr abends an einem Samstag. Eine müde und verschwitzte Katja lag neben mir und atmete tief. Verwandtschaft scheint anstrengend zu sein, dachte ich, mich leise von unserem Lager erhebend. Sie hatte mir erlaubt, den Porsche zu fahren. Niemand kann mich dafür tadeln, dass mich gerade jetzt der heiße Wunsch überfiel, das Geschoss auszuprobieren. Saturday night fever! Außerdem brauchte ich das Ding, um den Fall Richie voranzubringen.

Die Treppe knarrte ein wenig unter meinem Gewicht. Unten zog ich mich warm an und durchforstete Katjas Manteltasche nach dem Schlüssel. Das Glück war mir hold. Der Motor heulte auf, als mein Fuß das Gaspedal streichelte. Die Kupplung rastete ein wie ein Schweizer Uhrwerk. Dicht an der Erde jagten wilde, kräftige Pferde meinen erschöpften Körper über den Asphalt der Bundesstraße direkt in die Provinzhauptstadt Westfalens. Mein Geist war hellwach und neugierig auf Dorothea, jene Unbekannte, die Richie gekannt haben musste. Mein Name ist Bond, Tom Bond. Ich würde sie im Porsche durch Münsters Lokalitäten schleifen, mein Dezember-Bafög in diese Nacht investieren und ihr alle Infos über Richie rauskitzeln, die sich einem Weib entlocken lassen, das dermaßen gebauchpinselt wird. Den Martini geschüttelt, nicht gerührt! Wie der Eroberer eines fernen Kontinentes bog ich in die Heerdestraße ein.

Was nun folgen sollte, bedarf einer kleinen Warnung: Es wird den ein oder anderen geben, für den Münster nichts weiter als eine wunderbare Stadt im Herzen Westfalens ist, tolerant und weltoffen, mit viel Grün und soliden, zurückhaltenden und anständigen Einwohnern. So soll es bleiben. Beamte bearbeiten Formulare, Behörden verwalten redlich die kommunalen Angelegenheiten, und die ausgelassene Studentenschar bringt einen bunten Tupfer in das ansonsten etwas eintönige Bild. Vielerlei kulturelle Angebote stehen dem Beflissenen zur Auswahl: Konzerte, Kino, Museen und Theater. Man könnte meinen, dass Münster damit erfasst ist, doch es gibt auch das andere Münster. Es ist das Münster der Underdogs und Ausgeflippten, der Durchgeknallten und Ausgebremsten. Wer diese Wahrheit nicht braucht, kümmere sich nicht um die weiteren Geschehnisse, die zu berichten sind, damit alles in der Ordnung bleibt.

Das strohgelbe Haus mit den blauen Fensterläden war leicht zu finden. Aus der oberen Etage drang Kerzenschein durch die Vorhänge. Wummernder Bass ließ die Fensterscheiben vibrieren.

So ein Trip im Porsche kann ganz schön puschen. Behände wie ein Agent im Jagdfieber sprang ich aus dem Geschoss, und schon war mein Finger am Klingelknopf. Der Summer reagierte einwandfrei. Tom Bond drückte die Tür auf in der zugegeben etwas voreiligen Erwartung, eine gnadenlos hübsche Agentin zu überrumpeln. Vor ihm stand jedoch ein ausgesprochen hässlicher Pitbullterrier, der ihn gelangweilt angähnte. Von oben hörte ich Stimmengewirr und Jimi Hendrix »Manic Depression« spielen. Der Pitbull trippelte in einen Raum um die Ecke. Oben ging eine Tür auf, die Musik drehte schlagartig auf, und herunter kam ein kleiner, hagerer Typ mit Haaren bis zum Hintern. Er schaute mich fragend aus großen Augen an. Seine Pupillen waren dagegen ziemlich verengt.

»Entschuldigung«, begann ich, »bin ich hier richtig bei Dorothea?«

Keine Ahnung, was der Typ dachte. Jedenfalls drehte er sich mit einiger Verspätung nach oben rum und brüllte:

»Thea, Besuch für dich!« Dann sprang er vom Treppenabsatz aus an mir vorbei. Auch er verschwand hinter einer Tür im Erdgeschoss. Da sich nichts regte, stieg ich immer der Musik nach die Treppe hoch. Oben war es dunkel bis auf einen warmen Lichtstrahl, der durch den Spalt der angelehnten Tür drang. Ich atmete einmal tief durch und trat in den Raum, dessen gedämpftes Kerzenlicht zunächst nur Rauchschwaden erkennen ließ. Es roch nach Weihrauch, und Jimi legte unter Höllenlärm mit »Foxy Lady« los. Wow, das hatte was! Und dann sah ich eine Punkerin mit Irokesen, die, weil sie nach intensivem Check die einzige Frau war, Dorothea sein musste. So viel war klar: Die Sache mit dem Mäuschen, das man mal eben mit einem Porsche beeindrucken kann, hatte sich erledigt. Alles würde viel diffiziler werden. Ruperts Gerede von ihrer Bekehrung zum Punk hatte ich nicht weiter wichtig genommen, und Jimi spielte ja auch nicht gerade Punk, aber hier – das wurde mir blitzartig bewusst – kannst du deinen Porsche vergessen. Rupert, wenn du wüsstest, wie Thea jetzt aussieht, würdest du dich nackt zitternd an deine Ulrike klemmen wie dazumal John Lennon an Yoko Ono. Die Lady schüttelte ihren roten Hahnenkamm auf dem ansonsten kahl geschorenen Schädel. Im linken Flügel ihrer Stupsnase blitzte der Anti-Rupert-Ring. Um die Hüfte hatte sie einen Schottenrock gewickelt, während darunter eine Strumpfhose ihre Beine wärmte. Als Gipfel des guten Geschmacks trug sie oben herum dafür nur ein Bikini-Oberteil mit Leopardenfellmuster. Sie tanzte in der Mitte des Raumes, der rundherum ähnlich einem arabischen Interieur mit Matratzen ausgelegt war. Das alles machte wirklich nicht den Eindruck studentischen Bemühens. Auf den Matratzen lungerten etliche Kerle mit benieteten Lederklamotten, Sicherheitsnadeln und anderem Gesichtsschmuck herum, die alle ein bisschen jünger als meine Wenigkeit aussahen. Okay, dachte ich, pass dich erst mal an und steh hier nicht dumm rum. Das leise Vorspiel von Jimis »Voodoo Chile« für ein kurzes »Hi« nutzend, legte sich ein schwer gebeuteltes, aber doch wandlungsfähig-abgewracktes Chamäleon auf die nächste durchgewetzte Matratze. Daselbst ließ es sich ein gepflegtes Karlsquell-Dosenbier von einem Punk zu seiner Rechten reichen, um die Relativität der Zeit am eigenen Leib zu erfahren.

Der Vinyl-Jimi war nun am Ende seiner Kunst angelangt,

doch nach einer Pause von zirka drei Sekunden hörte man die Plattennadel wieder knistern. Jemand hatte wohl das Gefühl, dass der Lautstärkepegel für Jimis Gitarrenkünste zwar noch akzeptabel war, aber den Sex Pistols nicht gerecht wurde. Die Hölle brach los! Auf ein geheimes Zeichen hin sprang der Pulk vom Rand in die Mitte des Raumes und rempelte sich an wie beim Sommerschlussverkauf. Okay, ich habe verstanden: Pogo ist hier angesagt. Die Fünfzehn-Zoll-Lautsprecher vibrierten unter dem Drumstakkato, dass meine Hände unwillkürlich zu den Ohren flogen. Ich fühlte mich plötzlich sehr, sehr alt, und ein weißer, langer Bart entspross meinem fliehenden Kinn. »Diese Jugend von heute«, murmelte der weise Greis in mir, bedenklich den Kopf wiegend und in Erinnerungen an die guten alten Siebziger schwelgend. Die Akustikabteilung meines Gedächtnisses repetierte Jim Morrisons »The End«. Ich war wirklich froh, dass es noch das Grünhaus gab, wo man weder mit Nenas »Neunundneunzig Luftballons« noch mit den Sex Pistols zugeschmissen wurde, ganz zu schweigen von dem penetranten Ruf nach den neuen Männern, die das Land angeblich braucht. Mitten in diese Melancholie hinein ließ sich plötzlich die Punkerin neben mich aufs Lager plumpsen. Ihre Hand entwand mir ohne Federlesen das Karlsquell und führte es ihrem gierigen Mund zu. Mich mit großen Augen anschauend, brüllte sie mir dann irgendwas ins Ohr. Ich bedeutete ihr durch Zeichensprache, dass hier nicht der Ort gehobener Konversation sei, und stellte mich schon mal auf ein gut getarntes kleines Verhör in der Küche ein. Doch schon warf sie sich wieder, den roten Besen wild schüttelnd, in die rasende Meute.

Mein Trommelfell begann zu schmerzen. Was hatte ich eigentlich erwartet? Dass die Dame des Hauses nur darauf wartete, von einem unwiderstehlichen Schöngeist umworben und en passant über Richie ausgefragt zu werden? Ich musste meine Ziele kürzer stecken. Ich erwog ein frisches Bier aus dem Kühlschrank als vorläufige Etappe. Raus aus dem Zimmer und Küche suchen!, lautete folgerichtig der Marschbefehl. Meine zwei Trommelfelle bedankten sich ausdrücklich bei mir, als wir drei dem Inferno ins Treppenhaus entwichen waren. Ich hatte die Tür hinter mir zugezogen, so dass der Punk, der noch aus dem Gehölz hervorschallte, wieder erträglich wurde. Schnell trippelte ich die Treppe hinunter, bog um die Ecke, wo meiner richtigen Vermutung nach die Küche lag. Ich öffnete hoffnungsfroh die mit wilden Aufklebern verzierte Kühlschranktür, und während der durstige Wüstenfuchs gerade das Innere des Gerätes inspizierte, drang plötzlich ein Knurren an sein Ohr. Ich zuckte zusammen. Hinter mir stand der Pitbullterrier vom Begrüßungskomitee und bleckte die Zähne. Jetzt heißt es cool bleiben, Tom! Die haben den doch nur darauf getrimmt, brutale Einbrecher zu zerfleischen. Ich griff nach der kühlen Salami im Inneren. Eine Doppelstrategie schwebte mir für den Fall der Fälle vor: Entweder gibt's damit was auf die Nase, oder das Leckerli stimmt dich freundlicher, du kleiner Bastard!

»Satan, mach Platz«, rief eine Frauenstimme energisch, und das Vieh gehorchte, wobei es sich mit der Zunge über die Schnauze fuhr. Eine verschwitzte Dorothea kam grinsend herein und pflanzte sich erwartungsvoll auf einen Hocker.

»Witziger Name für einen Hund«, bemerkte ich, derweil die Salami wieder auf das Plastikgerippe des Kühlschranks zurückfand.

»Satan ist ein total lieber Hund«, erläuterte sie in einem süßlich unschuldigen Marilyn-Monroe-Tonfall, von dem ich mir nicht sicher war, ob er ernst oder ironisch gemeint war, »jedenfalls zu Menschen. Andere Hunde mag er nicht. Ich glaube, er wird dann eifersüchtig.«

»Kann ich verstehen, so wie der aussieht.«

»Wie meinst du das?«

»Ist egal«, winkte ich ab.

Dorothea reagierte gereizt: »Was bist du denn für einer? Satan ist ein echt schöner Hund. Schön ist, was man schön findet.«

Sie beugte sich vor und streichelte Satan demonstrativ das Kurzhaarfell.

»Ja klar. Rupert fand deinen Irokesen wohl nicht so schön, oder?«

Das war vielleicht nicht besonders clever von mir, aber wenn der Name ihres Ex fällt, so meine vage Hoffnung, würde sie vielleicht ein bisschen wehmütig ins Plaudern kommen. Schließlich hatte er sie verlassen. So was hinterlässt auch nach zwei Jahren noch eher Narben, als wenn man selbst den Schlussstrich gezogen hat. Sie blickte mich einen Moment lang überrascht an.

»Was hast du denn mit *dem* Pannekopp zu tun?«

Verletzte Frauen können so respektlos sein, aber irgendwo hatte sie ja recht: Rupert *war* ein Pannekopp.

»Ich kenn ihn nur flüchtig. Aus dem ›Kreuzeck‹. Wir haben da mal an der Theke zusammengehockt.«

Ich hasse Lügen, aber jetzt von der Männergruppe anzufangen, wäre mir peinlich gewesen. Sie griff in den noch geöffneten Kühlschrank und zog zwei neue Dosen Bier hervor. Eine stellte sie vor mich hin, die andere verlor unter ihrem Routinegriff zischend die Unschuld. Die Leichtmetalllasche flog quer durch die Küche in einen Plastikeimer.

»Na dann prost«, sagte sie, und ich tat es ihr nach. Sie entsprach mit ihrem Pippi-Langstrumpf-Look zwar nicht gerade meinem Ideal von Elegance, aber einen gewissen Charme konnte man ihr nicht absprechen. Es folgte ein langer Rülpser ihrerseits. Ich schob ihr rüpelhaftes Verhalten aufs Alter, denn sie wirkte insgesamt noch recht jung. Rupert war mindestens zehn Jahre älter. Komm zur Sache, Tom! Ein Schuss ins Blaue kann nicht schaden.

»Er erzählte auch was von Richard Müller.«

Sie schlug sich theatralisch mit der flachen Hand vor die Stirn. »Und ich frage mich die ganze Zeit, ob ich dich nicht kenne. Du siehst Richie ganz schön ähnlich!«

Ich lächelte wie Mona Lisa.

»Was auch immer Rupert dir erzählt hat«, fuhr sie fort, »Richie ist ganz in Ordnung, und ich hab ihn schließlich geliebt.«

Hatten meine Lauscher richtig gehört? Ganz schön offenherzig, die Kleine. Sing, meine Nachtigall.

»Wie war das bitte?«

»Na wegen dem bin ich doch von Rupert weg. Hat er dir das nicht erzählt?«

Ich brauchte einen Moment, um zu kapieren.

»Also nur der Ordnung halber: Du hast Rupert *wegen Richie* verlassen?«

Sie schaute mich verwundert an. »Ja, sicher. Wo ist dein Problem?«

»Ach nichts«, gab ich zurück, während meine Festplatte einen neuen Ordner mit der Beschriftung »Rupert« anlegte.

»Wer bist du eigentlich, und was machst du hier?« Schon wieder diese Frage.

»Ich bin Tom und trinke das Bier, das du mir freundlicherweise angeboten hast.«

»Und weiter?«, insistierte sie mit Nina-Hagen-Augenaufschlag.

»Na ja, ich kenn Richie schon von klein auf. Wir haben im Sandkasten zusammen gespielt, sind sozusagen Blutsbrüder, und weil er doch verschwunden ist, dachte ich …«

»Wie, verschwunden?«, unterbrach sie mich, »der ist doch in den United States of America.« Bei den USA betonte sie mit gespitzten Lippen jede Silbe einzeln.

»Scheiß SDI!«, brüllte plötzlich jemand in der Tür. Ein in seiner Koordination leicht gestörter, aknegestrafter Punk torkelte herein. Breitbeinig hockte er sich auf den verbliebenen Stuhl und warf dabei erst mal versehentlich Dorotheas abgestelltes Bier um.

»Pass doch auf«, herrschte sie ihn an, wobei sie an ihm rüttelte. Der Punk reagierte nicht, sondern schaute mich mit glasigem Blick an, als wäre er ein Zen-Meister und ich sein Schüler, dem er die Welt auf seine eigene Weise nahe bringen müsse.

»Der Reagan hat sie doch nicht alle auf der Kirsche mit seinem Krieg der Sterne«, lallte er.

Mir fiel ein, gelesen zu haben, dass er an Dickdarmkrebs erkrankt war. Nicht der Punk. Ronald Reagan. Ich war an seiner Meinung nicht besonders interessiert. Dorothea schien abgelenkt zu sein, denn sie knuddelte jetzt Satan mit Inbrunst und ließ sich von ihm über die Wange lecken. Die Küche füllte sich zusehends mit weiteren Punks. Es sah alles nach Aufbruch aus.

»Habt ihr noch was vor?«, fragte ich so beiläufig wie möglich. Dorothea reagierte zum Glück freundlich. Sie schien über meine Bemerkung zu Satans Aussehen nicht verärgert zu sein.

»Wir fahren noch zum Nienkamp. Da spielt heute Nacht 'ne Rockband aus Münster. Komm doch einfach mit!«

»Null problemo«, hörte ich den porschelosen Detektiv-Punk in mir antworten. Null problemo? In meinem Hinterkopf zeterte Katja empört, aber ich konnte sie einfach nicht verstehen.

»Du kannst bei mir im Bulli mitfahr'n«, sagte Dorothea noch, »und du kannst mich Thea nennen.«

Tom und Thea, dachte ich, das klingt ganz gut.

XIV

Der Bulli mit Thea und acht Mann Besatzung schlitterte über einen Gewerbehof am Nienkamp gegenüber den Hengst-Filterwerken. Hier waren die Umzugsfirma Pegasus sowie einige kleinere Gewerbe angesiedelt. Die Tischlerei Lehmann & Winter hatte zu einem fröhlichen Umtrunk mit Konzert geladen. Geheizt wurde mit Holzresten in einem riesigen Ofen, der die Halle angenehm wärmte. Aus Paletten hatte die Belegschaft eine Holzbühne gebastelt, über die ein alter Teppich gespannt war. Etwa hundert Leute, viele mit Helm und Motorradkluft, waren hier versammelt und lauschten kollektiv den Klängen, die der Meister himself seiner E-Gitarre entlockte. Der Gitarrenzorro war recht hager, mit Nickelbrille und Baskenmütze auf seinem runden Schädel. Er und seine Combo spielten einen witzigen Song, bei dem es um little piggis ging. Die Jungs heizten ordentlich ein, was sich jedoch gleich noch steigern ließ, denn der Schrauber von der Motorradwerkstatt nebenan rollte jetzt eine 500er Moto Guzzi herein. Gemeinsam hob man das Ding auf die Bühne. In seinem roten Overall setzte sich der Schrauber auf das Geschoss, zündete, zog die Kupplung und gab vorsichtig Gas. Aus einem soliden Standgasfundament, das der Schrauber jetzt noch feinjustierte, knatterte der nunmehr gleichmäßige Takt des Einzylinders, welcher sich auf wundersame Weise in den Rhythmus einfügte, den die Band im nächsten Song vorlegte. Noch ein Mikro vor den Auspuff, und der Moto-Guzzi-Motor überzeugte als Metronom einer hallenden Rocknummer. Spontaner Szenenapplaus vom anwesenden Fachpublikum.

»Nicht schlecht, die Jungs«, brüllte mir Thea ins Ohr, und ich nickte. Komisch eigentlich, dass die Punktruppe um sie herum diesen Sound auch mochte. Thea reichte mir ein neues Bier aus der mitgenommenen Plastiktasche. Eine Cannabiswolke zog an mir vorüber, während die E-Gitarre kreischend einen Blues von Johnny Winter an mein Trommelfell spülte. Bleib cool, Tom! Okay, du hattest einen langen Tag, und du bist k.o. Zwei Glühwein heute Morgen, dann beim Kochen und jetzt ein paar Bier, das sollte dich nicht umhauen. Sollte ...! Der Boden wankte bedenklich, als ich die gemütliche Hobelbank in der Ecke ansteuerte. Die ganze Werkstatt schwankte jetzt wie ein Geisterschiff im Nebel. Eine ungeahnte, bleierne Müdigkeit durchzog meinen erschöpften Körper. Auf der Hobelbank hockte auch der etwas mickrige Langhaarige mit den kleinen Pupillen. Er hatte seinen Schlabberpullover ausgezogen, und das darunter liegende T-Shirt eröffnete den Blick auf seinen bunt tätowierten Unterarm. Meine Augenlider wurden schwerer und der dröhnende Sound in der Halle immer leiser, der Vorhang zog sich zu ...

Jemand rüttelte an meinem Arm. Vor mir stand breit grinsend der Tischlermeister.

»Na? Ausgeschlafen?«, fragte er freundlich. Neonlicht durchflutete die Halle mit der klaren Ansage, dass das Konzert vorüber war. Es war lausig kalt geworden, obwohl mir jemand eine Decke über den Körper gelegt hatte. Ich schüttelte mich wie ein Hund, der aus dem Wasser kommt. Meine Augen waren verklebt, und mir brummte der Schädel. Das Leben kann so grausam sein, wenn man nicht richtig mit ihm umgeht. Durch die dünnen Glasscheiben der Tischlerei drang schon das Dämmerlicht des Sonntagmorgen. Der Stapler heulte gequält auf, als der Meister die Paletten auf eine Brettervorrichtung hoch oben an der Wand hievte. Flaschen und Dosen waren schon in einem Metallfass gestapelt, als Meister Winter zu einer letzten Besenrunde durch die Werkstatt ansetzte. Ich hockte mich auf und versuchte, einen Plan zu entwickeln. Mit einigen Umwegen kam dabei etwa Folgendes heraus: Es ist Sonntagmorgen, du sitzt verkatert in einer Münsterschen Tischlerei und solltest mit deinem geliehenen Porsche besser nach Hause fahren. Vielleicht fährst du vorher noch am Bahnhof vorbei und kaufst eine rote Rose. Nur so aus Instinkt.

»Ein Wilhelm oder so ähnlich hat dir sein Fahrrad hier gelassen«, unterbrach Meister Winter meine Meditation, »der Kleine mit den langen Haaren.«

Eine Gänsehaut überzog mich, als mir schmerzlich bewusst wurde, dass der Porsche noch in der Heerdestraße stand. Dankbar erinnerte ich mich an Wilhelms Abwesenheit im Bulli. Er war wohl mit der Leeze gekommen. Echt nett von ihm, mir sein Rad zu leihen.

Wir traten ins Freie, und der Meister mit Vornamen Pit, wie ich jetzt erfuhr, verschloss die Werkstatttür. Breit lachend verabschiedete er sich und zeigte im Weggehen auf das Rad, das mir zugedacht war.

Was soll ich sagen? Da stand ein Leichtmetallrennrad, dessen Design mir irgendwie bekannt vorkam. Prüfend wanderte mein Blick über das Alugestänge, das mit einer Eisschicht überzogen war. Mit bloßer Hand wischte ich über die Stange: An der Stelle, wo an Richies Leeze ein Leuchtblitz Geschwindigkeit symbolisiert hatte, verriet ein schmaler, dunkler Kleberand seine vormalige Anwesenheit.

Pit Winter war schon verschwunden, als ich mich nach ihm umdrehte, und kleine Schneeflocken stoben aus dem grau bewölkten Himmel. Von irgendwoher läuteten Kirchenglocken zur Frühmesse. Die unbarmherzige Müdigkeit, die nun wohl meinem Kater zu verdanken war, hatte mich noch fest im Griff. Ich sehnte mich nach einem warmen Zimmer, wo ich eingehüllt in eine Rheumadecke dem sonntäglichen Gähnprogramm des deutschen Fernsehens würde folgen können, ohne irgendeinen weiteren Gedanken an Richie verschwenden zu müssen. Der desillusionierte Cop gibt seine Marke ab, dreht sich an der Tür noch einmal herum, um einen letzten, bedeutungsschwangeren Satz dem Vorgesetzten an den Kopf zu werfen, und geht ab. Alle schauen dem Helden sprachlos hinterher, während die Musik uns auf den Abspann einstimmt. Aber das hier war kein warmes Polizeipräsidium, sondern härtester Frost, der mir langsam die Zehen ertauben ließ. Schon saß ich auf und trat in die Pedalen mit dem festen Vorsatz, den Porsche ins heimische Nienberge-Häger zu bringen, wo meine Freundin mich sicher sehnlich erwarten würde.

Mich haut ja so schnell nichts um, aber als ich in die Heerdestraße einbog, stellte sich heraus, dass der Porsche nicht mehr an seinem Platz stand. Meine Hand griff in die hart gefrorene Jackentasche: kein Porscheschlüssel! Mich beschlich das dumme Gefühl, dass die Dinge nicht gut für mich liefen. Etwas unschlüssig stieg ich vom Rad. Kein Ton war aus dem gelben Haus mit seinen blauen Fensterläden zu hören. Friedlich stand es dort, als könne ihm die Zeit nichts anhaben. Im Morgenlicht waren bei näherer Betrachtung allerlei Sprühereien auf dem Gemäuer auszumachen. Die Heerdestraße lag still vor mir wie auf einem alten Gemälde. Nur eine ältere Dame führte ihren Hund Gassi, blieb am Baum stehen und blickte zu mir herüber. Ihre verhaltene Neugier nervte mich, und meine Gelenke schmerzten, als hätte sie mir ihr Rheuma herübergehext. Der Einzige, der auf mein frustriertes Dauergeklingel an Theas Hauseingang reagierte, war der Pitbullterrier. Satan schabte fiepend an der Tür, als erwarte er einen romantischen Spaziergang durch eine prächtige Winterlandschaft.

Eine Entscheidung musste her: Entweder du wärmst dich irgendwo auf, trinkst einen Kaffee und versuchst es später noch einmal, oder du fährst mit dem Rennrad nach Hause und versuchst, Katja milde zu stimmen. Ein kurzer Blick ins Portemonnaie klärte die Lage.

XV

Leise schnappte das Schloss zurück. Aus Katjas Zimmer waren Frauenstimmen zu hören, unterbrochen von Geschirrklappern und hellem Lachen. Erleichtert, nicht gleich einem Schwall von Vorwürfen ausgesetzt zu sein, schlich ich zu meinem Zimmer, nicht ohne zuvor noch meinen australischen Buschbrand mit Leitungswasser gelöscht zu haben. Mit abflauendem Kater, durch die eisige Luft gestählt, erwachte der Kommissar in mir zu neuem Leben. Der Leuchtblitz unter dem Bücherstapel auf dem Bretterboden meiner Kemenate müsste ja in die Kleberandform passen. Ich wollte ganz sicher gehen, dass es sich bei Wilhelms Vehikel um Richies Rad handelte. Keine Firma klebt schließlich serienmäßig einen Leuchtblitz aus Stoff ans Alugestänge. Doch kaum hatte ich den Raum betreten, als sich mir eine einfache Frage aufdrängte: Was zum Teufel fällt Katja ein, mein Zimmer aufzuräumen? Säuberlich aufgereiht standen da die philosophischen Werke der Neuzeit auf meinem Regal, und von dem Blitz war natürlich nichts zu sehen. Sie hatte ihn vermutlich ohne den Hauch einer Ahnung, was er vielleicht bedeuten könnte, entsorgt. Fragte sich nur, wo? Mein Blick fiel auf die Matratze mit dem Lammfell darauf. Katja und ich waren schon vor unserem Einzug übereingekommen, neben unserem gemeinsamen Hochbett im oberen Stockwerk ein einzelnes Lager für jeden im jeweils eigenen Zimmer einzurichten. Sie fand das wichtig zur Aufrechterhaltung der erotischen Anziehung. Danke, Katja, für diese wunderbare Idee! Ein Bett nur zum Schlafen jenseits allen Beischlafs war jetzt genau das, was ich brauchte! Erst auf meiner Schlafstatt bemerkte ich den nagelneuen hellroten Radiator in der Ecke. »Mach mich endlich an«, raunte er mir freundlich zu, und am Fenster bildeten sich Eisblumen. Mein Finger drückte den Plastikschalter nach unten, doch statt des erwarteten heißen Wüstenwindes hörte ich nur ein lautes »Klack«. Ich brauchte eine gewisse Zeit, um zu realisieren, dass soeben die Sicherung rausgeflogen war. Das könnte Unglück bringen, schoss es mir durch den Kopf. Ich sah Katja vor meinem geistigen Auge Teller durch die Küche schleudern und dann auf dem Küchenstuhl einen Heulkrampf kriegen. Nein, nein, Papis Porsche muss doch irgendwo sein. Ist doch nur ausgeliehen. Wie, wem? Na dem Wilhelm mit dem langen Haar. Ist ein guter Kumpel von mir. Hab ich dir wirklich noch nicht von ihm erzählt? Schrei doch nicht so!

In diesem Moment schnellte die Türklinke herunter, und herein schaute Katja mit friedlichem Gesichtsausdruck.

»Hallo, Schatz«, flötete sie, »schön, dass du wieder da bist. Der Radiator ist übrigens ein Geschenk von Paps. Du darfst ihn noch nicht anmachen, weil unser Stromnetz dann überlastet ist.«

»Ähm, der Porsche steht noch in Münster«, entfleuchte es mir unwillkürlich, um es schnell hinter mich zu bringen.

»Ich weiß, mein Schatz. Vernünftig, dass du den Wagen bei diesem Glatteis stehen gelassen hast. Die Mädels nebenan sind ganz beeindruckt davon, dass du so verantwortungsvoll bist. Wie bist du denn hergekommen?«

»Mit dem Rennrad von Wilhelm.«

»Wer ist denn Wilhelm?«

»Ein Kumpel von mir. Hab ich dir noch nicht von ihm erzählt?«

Sie überlegte. »Nicht, dass ich wüsste.«

Zugegeben, den Wilhelm kannte ich erst kurze Zeit, aber offenbar lange genug, um mir den Porsche von ihm abnehmen zu lassen, und darum kannte ich ihn eigentlich schon viel zu lange. Ein feiner Kirschteeduft zog mir in die Nase, als Katja die Tür weiter aufschob und mich anlächelte.

»Wärm dich ruhig bei uns auf«, lud sie mich ein, »wir sind schon fertig mit unserer Fotosession.«

Dann hörte ich sie am Sicherungskasten klappern. Fotosession? Ich hatte keine Ahnung, was sie meinte. Sei es, wie es sei:

Das Schicksal gönnt dir eine Verschnaufpause, drum schlag sie nicht aus.

Vor Katjas Tür standen hübsch säuberlich einige Birkenstockschuhe aufgereiht. Der Radiator in ihrem Zimmer lief auf Hochtouren. Auf dem flauschigen Teppich in der Mitte lagen vier Frauen mit dicken Bäuchen, als säßen sie Modell für ein Pablo-Picasso-Gemälde. Von Kubismus allerdings keine Spur. Sie schauten freundlich aufgeschwemmt aus ihrer Umstandswäsche und machten für mich Platz. Ich schreckte ob dieser Geste zurück, denn so viel Yin für ein Yang erträgt auch der aufgeklärteste, sensibelste und verantwortungsvollste Tom nicht ohne Komplikation. Aus irgendeinem Grund trugen alle außer meiner Katja eine Kurzhaarfrisur, die mich fatal an »Rosemaries Baby« erinnerte. Gott, war ich froh, ohne komische Nachbarn auf dem Lande zu leben! Wie bei einem Voodooritual lagen Polaroidfotos von runden, gestrafften Bäuchen um das Stövchen herum, das wiederum auf einem Exemplar des »Stillbuches« thronte. In den Augen der Schwangeren stand die Sehnsucht nach einem neuen Typus Mann geschrieben, nach dem Motto: Der Märchenprinz ist zwar tot, doch es lebe der einkommensstarke, kinderliebe und natürlich weiterhin unglaublich einfühlsame Versorger. So viel Erwartung erdrückt mich einfach, und so zog ich es vor, ihnen höflich, aber bestimmt eine Abfuhr zu erteilen: Lieber den virtuellen Traumpapi geben, als in einem realen Meer erwartungsvoller Mamas zu ertrinken. Sie zeigten viel Verständnis für mein Bedürfnis nach Ruhe, das sie wohl aus eigener Erfahrung kannten.

Bibbernd wie ein Höhlenmensch aus dem eiszeitlichen Neandertal versuchte ich als Alternative den Küchenofen in Gang zu bringen. Nach einigen vergeblichen Versuchen entfachte sich schließlich die Glut zu einem warmen Feuerchen. Pfadfinder Tom zog seine Matratze vor den Küchenofen, bedeckte sich mit seinem Schlafsack und lauschte dem Knistern des Reisigs, wie anno dazumal im Ferienlager. Mit den fernen, leisen Weiberstimmen im Ohr versank er in einen komagleichen Schlaf.

Gegen Abend weckten mich leises Geschirrklappern und der Geruch von Möhreneintopf. Katja hatte gerade aufgetischt. Während sie mit großer Kelle das Gemüse auf die Teller verteilte, lachte mich ihr süßer Mund verliebt an.

Mit Vicky Leandros trällerte sie mich an: »Steh auf, du faules Murmeltier, bevor ich die Geduld verlier.«

»Wo sind deine Gefährtinnen?«, fragte ich.

»Nach Hause, bevor es dunkel geworden ist. Sie haben den Zug genommen.«

»Keine schlechte Idee bei dem Wetter«, krächzte ich, denn mein Hals kratzte etwas. Draußen war es stockduster. Nur durch den Kegel des Außenlichtes wirbelten kleine Schneeflocken.

»Du hast ja mein Zimmer so schön aufgeräumt«, heuchelte ich mit Reibeisenstimme für den guten Zweck, »hast du dabei vielleicht einen Neonblitz gefunden, den man aufkleben kann?«

Sie stutzte kurz, kniff die Augen zusammen, als überlegte sie angestrengt. Endlich fiel es ihr ein.

»Ach ja, das komische Stoffding. Ich hab es in die Mülltonne geworfen. Das war sooo eklig.« Sie verzog ihr Gesicht, als müsse sie die Haare aus der Männerdusche einer Ölplattform aufwischen. Ich verspürte wenig Lust, im Müll nach dem letzten Glied der Kette zu suchen, aber der Zweifel nagte unaufhörlich. Schließlich hatte ich den Blitz nicht irgendwo, sondern in Katjas Keller gefunden.

»Wozu brauchst du denn so ein hässliches Ding?«, fragte sie.

»Nur so. Ist ein altes Erinnerungsstück«, gab ich schnell zurück.

Ein Themenwechsel schien mir angebracht, um möglichem Streit von vornherein aus dem Weg zu gehen.

»Wir müssen das Haus stärker abdichten. Ist ja das reinste Iglu hier.« Meine Stimme klang rauchig wie die eines Westernhelden nach dreitägigem Ritt durch die Prärie.

»Und das Kinderzimmer ist noch gar nicht fertig«, ergänzte sie beifällig nickend. Alles wirkte so wunderbar harmonisch auf mich. Weihnachtlicher Friede zog in dieses Gemäuer, so dass ich kurz daran dachte, einen Adventskranz zu besorgen. Der würde mich an jene heimeligen Abende mit meiner Mutter erinnern, als wir Spekulatiuskekse in heißen Kakao tunkten. Mama las dabei aus der Bibel vor, und ich weiß noch, wie mich König Herodes beeindruckt hatte. Vor lauter Angst, seinen Job in frühestens zwanzig Jahren zu verlieren, ließ er konsequent alle neugeborenen Kinder abschlachten. Ich fand diese altertümliche Arbeitsplatzsicherung ziemlich gruselig; trotzdem war es immer die gemütlichste Zeit des Jahres in unserer Kinderhauser Zweizimmerwohnung.

»Was hältst du davon, wenn ich einen Adventskranz besorge?«

Katja schaute mich spöttisch an. »Ist es nicht ein bisschen spät dafür? Dann musst du nämlich erst mal drei Kerzen abbrennen, und die Weihnachtstanne kannst du gleich mitschmücken.«

»Ich dachte nur so …«

Ihr Blick fixierte mich mit undefinierbarem Ausdruck. »Tom, wir brauchen keinen Weihnachtströdel, sondern ein gut verputztes, trockenes Kinderzimmer«, insistierte sie nachdrücklich, »und Licht ist auch noch nicht drin.«

Ich wollte mich jetzt nicht streiten und gab ihr ja auch Recht. Im Prinzip jedenfalls. Andererseits spricht doch nichts gegen Weihnachtsschmuck.

»Hast du was gegen Weihnachtsbäume?«

»Nicht, wenn sie in einem trockenen, warmen Kinderzimmer mit Beleuchtung stehen.«

Sie hat, obwohl aus Düsseldorf kommend, einen echt westfälischen Sturkopp! Ja, Schätzchen, ich habe verstanden. Wirklich einfühlsam von dir, wie du mit meiner sentimentalen Seite umgehst. Zum Glück bist du keine von den Frauen, die Männer gern heulen sehen, aber so ein klein wenig Empathie könnte auch dir nicht schaden, mein Schatz.

»Ist ja gut. Unser Junge wird schon sein Nest bekommen. Gleich morgen fang ich an«, hörte ich mich sagen.

»Willst du noch Eintopf?«, fragte sie befriedigt, wobei ihre Hand schon zur Kelle griff. Wenn Liebe durch den Magen geht, dann liebte mich Katja von ganzem Herzen. Doch eigentlich wünschte ich mir ihren schnellen Rückzug. Als sie endlich in ihr Zimmer gegangen war, um dort aufzuräumen, zog Spürnase Tom schnell seine Winterjacke über, nahm die kleine Taschenlampe aus dem Sicherungskasten und huschte ins Freie. Es musste den ganzen Tag über geschneit haben. Ich stapfte durch den aufgetürmten Pulverschnee zur Mülltonne hinter dem Haus. Wer hat schon Lust, im Müll zu wühlen, doch war ich froh, dass wenigstens unser Bioabfall auf den Kompost wanderte, zur Freude auch der Wanderratten, wie wir bald feststellen mussten. Ich fegte den frischen Schnee vom Griff unseres eisernen Müllbehälters. Keine Ahnung, wozu unsere Vermieterin eine solch große Tonne aufgestellt hatte, aber es handelte sich um einen dieser Container, die nur äußerst selten geleert werden müssen, wenn man sie allein benützt. Mir froren fast die Finger fest, als ich mit einer Hand den Metalldeckel hochschob, um mit der Taschenlampe in der anderen das Innere auszuleuchten. Und dort reflektierte es schwach vor sich hin, das Beweisstück, nach dem ich nun mit der Lampe im Mund fischte, bis es endlich in meiner Jackentasche verschwand. Durch den arktischen Schneewirbel kämpfte sich nun der einsame Robbenjäger zum Schuppen, wo das Rennrad an der Innenwand angelehnt stand. Ich hielt das Ding direkt über die Stelle, an der der Kleberandstreifen zu sehen war: Kein Zweifel! Der Stoffblitz hatte hier vormals das Gestänge geziert. Vor mir stand dasselbe Rad, das Richie mir am Abend seines Todes stolz präsentiert hatte. Sollte ich Katja darauf ansprechen? Ich musste an das Katzenfoto denken und beschloss, die Frage zu verschieben.

XVI

Montagmorgen halb zehn! Katja war mit ihrem Fahrrad zum Bahnhof Nienberge-Häger und von dort mit dem Zug nach Münster gefahren. Ihr Angebot, den Porsche für mich auf dem Rückweg vorsichtig zurückzufahren, brachte mich noch kurz ins Schwitzen, doch meine vorgetragenen Bedenken hielten sie glücklicherweise davon ab.

Niemand erkläre mich für faul oder verantwortungslos: Ich war zu harter Handwerksarbeit bereit, doch galt es jetzt zunächst, den Porsche wiederzubeschaffen, um einen familiären Supergau zu verhindern. Mein Sohn war erst fürs nächste Jahr angemeldet. Auch hatte Inspektor Columbo da noch die ein oder andere Frage. Er packte daher Richies Rad und nahm den nächsten Zug nach Münster.

Feiner Pulverschnee bedeckte die Astgabeln der entlaubten Linden entlang der Promenade. Die dünnen Rennradreifen schnitten durch den Schneematsch am Boden. Vorm Buddenturm ging es rechts ab, vorbei an der Zuckervilla, in der damals noch die schulpsychologische Beratungsstelle residierte. Als ich in die Heerdestraße eingebogen war, notierte ich noch immer gähnende Leere, wo eigentlich der Porsche stehen sollte. Wenigstens öffnete Thea auf mein Klingeln die Tür. Sie steckte in einem rosa Jogginganzug und schaute mich leicht genervt an.

»Hallo«, versuchte ich es auf die freundliche Tour, »kann ich reinkommen?«

Ich bin immer erst mal freundlich, selbst wenn man mir einen Porsche unterm Hintern wegzieht. Erst mal sehen, was dahinter steckt. Gemeinsam gingen wir in die Küche. Da saß noch eine andere Frau mit struwweligem Haar und Glubschaugen vor einem Kreuz aus Tarotkarten, die auf dem Tisch ausgebreitet waren. Im Radio hörte man Herrn Lindenberg aus Gronau schnoddern.

»Hab ich es dir nicht gesagt?«, meinte sie lächelnd mit mystischem Unterton zu Thea. »Er wird bald deine Bahnen kreuzen.« Keine Ahnung, was die Medusa damit sagen wollte, aber Thea schaute wissend zurück. Ich verspürte wenig Lust auf esoterisches Gequatsche und kam gleich auf den Punkt.

»Wo ist mein Porsche?«, fragte ich strenger als eigentlich beabsichtigt.

Thea zuckte provozierend die Schultern. »Kann sein, dass Wilhelm ihn noch hat.«

Eigentlich glaubte ich nicht, dass eine Ex-Freundin von Rupert dem harten Griff des Gesetzes allzu viel Respekt entgegenbringt, doch einen Versuch war es wert.

»Wo kann ich ihn erreichen? Ich will ihn nicht anzeigen müssen.«

Thea schaute mich empört an. »Du willst Wilhelm anzeigen? Er hat dir doch sein Rad geliehen!«

Froschauge assistierte: »Boah, voll schofel.«

»Also? Wo ist er?«, insistierte ich leicht gereizt.

»Ich weiß nicht, wo er ist. Du kriegst deinen blöden Porsche schon wieder«, nuschelte Thea. Die harte Copnummer führte mich nicht recht weiter. Die froschäugige Frau funkelte mich böse an.

»Kannst du mir wenigstens sagen, wo er wohnt?«

»Na hier«, antwortete Madame prompt, »er ist bei mir eingezogen. Und soll ich dir mal was sagen?« Ihre Stimme bebte vor Entrüstung.

»Ich bitte darum.«

»Wilhelm Droste von dem Berg ist HIV-positiv, wenn dir das was sagt, und ich finde es beschissen kleinkariert von dir, ihm den blöden Porsche nicht mal auszuleihen. Als gäbe es nichts Wichtigeres auf der Welt!«

Ich hatte von der neuen Seuche gelesen. Aids nun auch in Münster? Wilhelms neuer Promistatus tat mir aufrichtig Leid. Trotzdem: Die beiden starrten mich an, als wäre ich das verkommenste Stück Dreck unter der Sonne. Diese Schuldnummer gefiel mir ganz und gar nicht. Kann ich was dafür, dass sich Junkie Willi Aids-Viren in die Arme jagt? Darf er darum den Porsche meines hoffnungsfrohen Schwiegervaters entwenden? Muss ich ihm dafür dankbar sein? Das Radio stürzte ins Bodenlose, dudelte jetzt »Ich geb Gas, ich will Spaß« von diesem Schwachmaten der Golfgeneration. Ich hasste die Neue Deutsche Welle! Nogger dir einen! In einer Stimmung, die dich den »Wutpunk« in Sachen Musikgeschmack favorisieren lässt, erfordert es gnadenlose Disziplin, den total verständnisvollen Sozialarbeiter herauszuhängen.

»Das mit dem Wilhelm tut mir wirklich Leid, aber der Porsche gehört gar nicht mir«, gab ich mit rauchigem Tom-Jones-Timbre in der Stimme zu bedenken.

Die Damen entspannten sich wieder, und etwas milder gestimmt hielt mir die Glubschaugenhexe den zusammengerafften Packen Tarotkarten vor die Nase.

»Hier. Zieh eine Karte.«

Es kam, wie es kommen musste: Ich zog die Todeskarte. Vielleicht für Wilhelm von dem Berg. Oder für Richie. Jedenfalls war ich nicht besonders beunruhigt.

»Ich glaube nicht an diesen Quatsch«, erklärte ich den beiden, die mich mit großen Augen ansahen.

»Na ja«, meinte Thea, »die Karte kann auch einfach nur das Ende als Voraussetzung für etwas Neues bedeuten.«

Was immer das Neue sein sollte, am Ende war jedenfalls meine Geduld.

»Hast du vielleicht irgendeine Ahnung, wo sich dein Freund jetzt aufhält?«, fragte ich so freundlich, wie es mir möglich war.

Sie schüttelte ihren Irokesen und dann: »Vielleicht in Amsterdam.«

Ganz cool bleiben, Tom. Auch ein nagelneuer Porsche ist nur ein Stück Materie. Ganz beiläufig ging meine Forschung voran.

»Nur mal so 'ne Frage. Was macht er denn da?«

»Das geht dich gar nichts an«, maulte sie und nach einer Weile, »Import und Export, wenn du es genau wissen willst.«

»Lass mich raten: Dein Willi macht auf Drogenspediteur mit meinem Porsche. Ist das so richtig?«

Tränen sind eine bewährte Waffe, mein Herz schmelzen zu lassen, und Thea war soeben dabei, mich weichzuspülen. Ihre Iris schimmerte schon nass, als ihr plötzlich Freundin Froschauge beisprang.

»Soll er etwa auf den Strich gehen. Oder betteln?«, empörte sie sich, und ihre dunkelbraunen Glubscher funkelten mich vorwurfsvoll an.

Okay, okay. Ich hatte verstanden. Der arme Willi musste mir die Autoschlüssel aus der Jacke stehlen, um pünktlich seiner Arbeit in den Niederlanden nachgehen zu können und um nicht zwangsläufig im Strichermilieu zu enden. Zu allem Überfluss waberte aus dem Radiospeaker jetzt noch »Ich sprüh's auf jede Wand (Echo: Wand, Wand), neue Männer braucht das Land«. Alles schien sich gegen mich zu verschwören. Du gehst vor Gericht, weil du etwas Konkretes einklagen willst, und wirst als erste Amtshandlung von einer anonymen, feministischen, total sozialen Überichqualle attackiert. Voll Kafka!

Ich versuchte mich wieder zu beruhigen. Wo käme Agent 007 denn hin, hätte er sich nicht im Griff? In der Ruhe liegt die Kraft. Mein Herz pumpte noch heftig, doch die grauen Zellen arbeiteten wieder in gewohnt kalter Präzision.

»Er wird ja wohl nichts dagegen haben, wenn ich sein Rad noch ein wenig benutze. Oder ist es gar nicht seins?«

»Natürlich gehört es ihm. War ein Geschenk«, erwiderte Thea. Pitbull Satan trottete in die Küche und beschnüffelte mein Hosenbein.

»Ein Geschenk? Von wem?«, lauerte der Leopard im Steppengras. Doch die Gazelle hob die Nase in den Savannenwind, machte eine Kehrtwendung und verschwand.

»Frag ihn doch selbst« und »Sag mal, pinkelst du im Stehen?«

»Wie kommst du denn darauf?«, entgeisterte ich mich.

»Satan schnüffelt immer noch an deinem Hosenbein. Das macht er sonst nie.«

»Hunde lieben mich eben.«

Thea seufzte tief, während Froschauge ihr mit verklärtem Blick zunickte. Mit sanfter Stimme fuhr Thea fort:

»Ich liiiiebe Hunde. Ich werde mal Hundeforscherin, Kynologin.«

»Rupert sagte mir, du studierst Theologie.«

Sie schaute ein wenig abwesend zum Fenster rüber, vor dem nun dicke weiße Flocken durcheinander wirbelten.

»Wenn man in Schwierigkeiten steckt, wird Religion ganz leicht«, sagte sie leise, »aber wenn du zu deinem Glück findest, wird sie zum Ballast.«

Froschauge unterbrach das Verhör mit einer Gegenfrage: »Wer bist du denn eigentlich? Ich hab dich hier noch nie gesehen.«

Es gab keinen Grund, sich zu verstecken. Also stellte ich mich vor, nicht ohne einen prüfenden Seitenblick zu Thea. Medusa nahm meine Personalien interessiert auf und gab schließlich ihren eigenen Namen preis: Birgit. Zu meinem Leichenfund fiel mir nur ein altes arabisches Sprichwort ein: Am Baume des Schweigens hängt seine Frucht, der Friede.

Plötzlich erinnerte sich Thea an unser Gespräch von Samstag: »Sag mal, wie meintest du das vorgestern mit Richie Müller? Du hast gesagt, er sei verschwunden. Der ist doch in den USA, oder?«

»Ich hab in der Zeitung gelesen, dass er vermisst wird. Und weil ich dann den Rupert getroffen habe und der mir erzählt hat, du hättest ihn gekannt …«

»Gekannt ist ja wohl untertrieben. Ich hab ihm damals klar gesagt, dass ich mit Richie zusammen bin. Er ist wohl immer noch nicht darüber hinweg.«

Sie zögerte etwas. Dann fragte sie vorsichtig nach: »Er ist also gar nicht mehr in den USA?«

Nur, wenn seine Leiche dahin überführt wurde, funkten meine Neuronen durchs Hirn. Noch besser als die Tatsache, dass die Gedanken frei sind, finde ich, dass sie keiner lesen kann, was ja auch irgendwie zusammenhängt.

»Nee, er war anscheinend wieder in Münster. Und in der MZ stand, dass er verschwunden ist. Das hat mich ziemlich betroffen gemacht.«

Dieser Psychoslang ließ Birgit so weit auftauen, dass ich sie ohne allzu große Sorge vor einem abschlägigen Bescheid bitten konnte, das Folterradio auszumachen, das mir gerade »You're my heart, you're my soul« eines damals noch vergleichsweise unbekannten Bardenduos namens Modern Talking aufs Trommelfell schleimte. Die Leuchtanzeige des Radios erlosch und schenkte mir für einen Augenblick die Wonnen der Ruhe. Thea und Birgit schauten eine Zeit lang Satan zu, wie er fiepend versuchte, auf den noch freien Holzstuhl zu springen. Schließlich erbarmte sich Thea und hob ihn hinauf. Am Ziel angelangt, drehte sich der Pitbull ein paarmal um seine eigene Achse, leckte sich über seine stumpfe Schnauze und sprang wieder herab. Buddha war ein großer Philosoph.

»Und du kennst Richie seit seiner Kindheit?«, unterbrach Thea meine Träumerei.

Ich berichtete nun den beiden Frauen ohne allzu große Dramatik von meinen Kindheitserlebnissen mit Richie Großkotz und vergaß dabei nicht, meine Verbundenheit mit ihm zu betonen, um meine Suche plausibel zu machen. Meine Erzählung endete mit einer Frage zum Liebesglück des ehemaligen Pärchens. Thea blieb nach meinen Kindheitsanekdoten mit ihrem Ex-Geliebten überraschend unsentimental.

»Frauen und Männer sind nicht dazu geschaffen, sich gegenseitig glücklich zu machen«, leitete sie ihr Statement nüchtern ein, »sie arrangieren sich nur für die Nachkommenschaft.«

»Und ihr wolltet keine Kinder?«, hakte der werdende Vater nach.

Ihr schien das Thema etwas unangenehm zu sein, denn sie zappelte nervös herum. »Eigentlich nicht. Und schon gar nicht so schnell. Richie musste zur Ausbildung in die USA. Es kriselte schon etwas, und dann haben wir uns eben getrennt.«

»Ja, die Männer«, sprang ihr nun Birgit bei, »wollen immer

nur Karriere machen, und die Liebe zählt nicht mehr, wenn sie erst mit einer im Bett waren.«

Küchenpsychologin Birgit schaute mich mit ihren großen Glubschaugen an, als erwarte sie ein Diplom von mir. Hiermit überreicht Ihnen das Institut für Liebes- und Reproduktionsangelegenheiten das Goldene Feigenblatt für Ihre besonderen Verdienste um das bilaterale Verständnis von Adam und Eva.

Reiß dich zusammen, Tom! Wenn du Einblick in Richies Vorleben bekommen willst, musst du jetzt gaaanz, gaanz lieb sein.

»Ich weiß auch nicht, warum wir Männer so liebesunfähig sind. Wahrscheinlich haben wir einfach zu viel Angst vor den Frauen. Aber der Richie war doch immer total sensibel.«

Thea wackelte auf ihrem Stuhl herum wie der Esel zwischen zwei Heuhaufen. Kein Sterbenswörtchen war ihr zu entlocken.

»Soll ich uns einen Tee machen?«, fragte Birgit betont locker in die gestörte Kommunikation hinein. Thea schüttelte stumm den Kopf. Wenn der Sportangler nicht weiterkommt, versucht er es mit einem neuen Köder. Ich dachte dabei an Richter Müllers merkwürdige Geschichte von der Muttermisshandlung.

»Tja, und wer so sensibel ist wie Richie, fährt halt auch schon mal aus der Haut. Ich konnte ihn früher kaum bremsen, wenn er tobte.«

Die Stimmung war aus irgendeinem Grund total im Eimer. Birgit Sonnenschein versuchte ihr Bestes, um das Ruder noch herumzureißen, doch vergebens: Unaufhaltsam rauschte unser Floß den Wasserfall hinunter. Bevor es am Grund zerschellte, sprang Tom Bond von Bord, und küss die Hand, Madame.

»Also, ich werd dann mal gehen. War schön, mit euch geplaudert zu haben. Vielleicht schreib ich mal eben meine Telefonnummer auf ein Blatt Papier, damit mich Wilhelm anrufen kann, wenn er wieder da ist. Ich nehm solange noch sein Rad.«

Thea schob mir erleichtert einen alten Einkaufszettel über

den Tisch. Schnell kritzelte ich die Ziffern hin. Plötzlich konnte der getrocknete Stockfisch wieder sprechen.

»Ich werde es dem Wilhelm ausrichten«, versprach sie an der Haustür. Man konnte genau spüren, dass sie noch irgendwas zu erzählen hatte, wenn man nur das richtige Knöpfchen fände. Dir bleiben noch zirka fünf Sekunden, um den richtigen Satz mit der unwiderstehlichen Emotion zu finden ... vier ... drei ... zwei ... eins ... Schicht im Schacht. Ihre Augen schauten mich so sanft an, dass ich mir vorkam wie Clark Gable, bevor die Haustür unwiederbringlich ins Schloss fiel.

Reden wir nicht drumherum: Das Ergebnis meines Ausflugs war weniger als mager. Kein Porsche, keine neuen Erkenntnisse zum Fall Richie. Nur Infos über Willis Lebensgestaltung.

»Tom, Ihre armseligen Bemühungen geben mir Anlass zu der Hoffnung, dass Sie die Marines bald verlassen werden.«

»Ja, Sir.«

»Sie sind ein Riesenarschloch, das im entscheidenden Moment keinen hochkriegt.«

»Ja, Sir.«

»Wie war das?«

»Jawohl, Sir«

»ICH KANN SIE NICHT VERSTEHEN!!!«

»Jawohl, Sir! Ja, Sir!«

Der Sergeant drehte sich mürrisch herum.

»Und jetzt, Soldat, fahren Sie zu Regensberg und kaufen ein Buch für angehende Frauenversteher. Hab ich mich klar ausgedrückt?«, knurrte das Raubein, als ich in den Sattel sprang. Der alte Knochen meinte es nur gut mit mir. Um überhaupt noch diesen frustrierenden Vormittag zu retten, beabsichtigte ich, ein Buch über Schwanger-, Mutter- und vielleicht auch Vaterschaft zu erstehen. Wenn schon das eigene psychologische Geschick nicht reicht, geheimnisschwangere Punkerinnen zum Singen zu bringen, dann könnte so ein Buch wertvolle Hilfestellung zum Verstehen mutterspezifischen Verhaltens leisten. Oder vaterspezifischen. Wie erklärt man zum Beispiel seiner kugelbäuchigen, hormonvernebelten Freundin, dass der Porsche ihres Alten gerade mit drittklassigem Heroin voll gestopft die Grenze bei Enschede passiert? Am besten gar nicht, aber wenn doch, dann mit Empathie, die sich gewaschen hat. Mir war, als versackte ich immer tiefer in einem Sumpf von Schwierigkeiten: die verschwundene Leiche vom Buddenturm, der missbrauchte Porsche, das Baby im Bauch meiner zuweilen zickigen Freundin und vor mir der letzte Abschnitt des Bafög-Highways. Angestrengt versuchte ich, System in die Sache zu bringen. Wozu studierte ich schließlich Philosophie? Alles schien eine Frage der Prioritäten zu sein. Vergiss die Leiche vorerst und kümmer dich um deine kleine Familie, hätte mir mein pragmatischer Opa mit mildem Lächeln geraten, wenn er noch lebte. Und ich glaube, er hätte Recht gehabt.

XVII

An der Kasse bei Regensberg hatten sie Bölls posthumes »Frauen vor Flusslandschaft« neben Walsers »Brandung« aufgebaut. Alles roch nach Weihnachten, denn neben der Walze mit Geschenkpapier war noch ein Teller mit Gebäck für die treuen Kunden drapiert. Irgendwo in der Innenstadt verkaufte jemand alle Jahre wieder erfolgreich Weihnachtsmannmützen, was daran zu erkennen war, dass einem ständig Leute mit ebensolchen Mützen über den Weg liefen. Seit meine Mutter gestorben war, perlten diese aufgeladenen Familientage an mir ab wie das Wasser von der Ente. Man sagt einfach »Frohes Fest« statt »Auf Wiedersehen«, und das ist es im Prinzip auch schon. »Keine Panik auf der Titanic«, wie Udo so schön sagt. Die Mieterhöhung im neuen Jahr holt die Leute schon bald wieder auf den Teppich.

Ich stieg die steilen Treppen hoch ins Obergeschoss, wo sich Philosophie- und Psychologiebücher die Regale einträchtig teilten. Der einfache Holzboden ließ mich immer glauben, in eine Gelehrtenstube geraten zu sein, was mir durchaus angenehm war. In der hinteren Ecke stand jede Menge Literatur über Schwangerschaft und Babyaufzucht aus Sicht der Frau.

»Wir haben unten auch noch eine Abteilung zu Ehe und Partnerschaft«, hatte mir die junge Angestellte mit etwas irritiertem Blick verraten.

Mal hier und mal dort blätternd, bemerkte ich nach etwa zwanzig Minuten, wie sich eine merkwürdige Lethargie meiner bemächtigte. Vielleicht sollte ich Katja ein Buch zu Weihnachten schenken? »Schenk mir bloß nichts zu Weihnachten!«, hatte sie mich einmal gebeten. Wir beschlossen damals ganz im Sinne alternativer Gegenkultur, dem Weihnachtsterror eine klare Absage zu erteilen. Plötzlich schoss mir ein Gedanke durch den Kopf: Was wäre, wenn sie sich nicht daran hielte?

Dann stünde ich nach ihrem geschenkten Rasierwasser duftend ohne jede Weihnachtsgabe da. Sie würde mir mit Tränen in den Augen versichern, dass es ihr überhaupt nichts ausmache, von ihrem Freund nichts, aber auch gar nichts zu Weihnachten geschenkt zu bekommen. In derselben Nacht dürfte ich sie vielleicht aufgrund der Aufregung mit Wehen ins Krankenhaus fahren. Fragte sich nur, mit welchem Wagen? Ein Buch für alle Fälle machte dem grausigen Szenario den Garaus: Schenkt sie nichts, gibt es das Buch zum Geburtstag. Dufte ich nach ihrem Rasierwasser, wird sie dankbar und mit mildem Tadel mein kleines Präsent entgegennehmen. Kaum waren die Würfel gefallen, da zerrte auch schon der Philosoph in mir an meinem Ärmel. »Lass uns mal da rübergehen, Tom«, schlug er ungeduldig vor und ließ mir keine Ruhe, bis ich endlich blind ins Regal griff und Descartes' »Meditationen« herauszog. Die deutsche Übersetzung des Werkes lautete: »Erste Philosophie, in der die Existenz Gottes und die Unsterblichkeit der Seele bewiesen werden«. Wow, nicht schlecht für den Anfang, dachte ich und nahm mir spontan vor, den Klassiker mal zu lesen. Vielleicht über die Festtage, wenn draußen die Glöckchen der Rentierschlitten bimmeln und die Blockflöten ausgepackt werden. Auf dem Weg ins Erdgeschoss fing mir die Nase an zu laufen, und beim Schlucken schmerzte der Kehlkopf. Vor der Kasse hatte sich bereits eine längere Schlange gebildet. Ich kramte in meinen Jackentaschen nach einem Tempo, doch vergebens. Mein Blick wanderte auf der Suche nach potenziellen Papiertaschentuchbesitzern die Schlange entlang, als die Abfertigung ganz vorn plötzlich stoppte.

»Das ist doch kein passendes Exlibris für einen Oberlandesgerichtsrat!«, hörte ich Frau Ulrike Bücking-Rammler nerven. Rupert musste in einem früheren Leben etwas Schlimmes verbrochen haben. Sie hatte sich wie ein Ochsenfrosch vor der Verkäuferin aufgeblasen und stierte sie durch ihre Hornbrille an, als wollte sie sich in Hypnose versuchen. Die Damen hinter der Theke zeigten ihr immer neue Exlibris, und die Schlange hinter ihr wurde schon unruhig.

»Na gut, geben Sie mir das hier mit dem verzierten ›M‹ vorne. Das passt wenigstens zum Namen«, entschied sie. Ich musste an Richter Müller denken.

»Könnten Sie das Buch bitte in ein anderes Papier schlagen?«

Die Verkäuferin hinter dem Tresen blickte irritiert zur Aushilfskraft, die neben der Walze mit dem Geschenkpapier nervös an einer neuen Tesafilmrolle knibbelte.

»Ja also, wir haben gerade kein anderes da. Vielleicht können wir es Ihnen später einpacken, und Sie holen es sich dann ab?«

»Wo denken Sie denn hin?«, polterte Rike wild herumfuchtelnd los, »glauben Sie, ich habe meine Zeit gestohlen?«, und mit einem knappen »Dann lassen Sie das mal« stolzierte sie, den Kopf theatralisch zurückgeworfen, durch die Glastür nach draußen.

Ich sprang hinter eine Säule und nieste in den Ärmel meiner Jacke, dass es nur so krachte. Ein Papiertaschentuch wurde mir von einer Oma gereicht, die mitleidig hinter der Säule hervorschaute.

»Gesundheit, junger Mann«, sagte sie mit leicht zittriger Stimme, während ich mir den Rotz vom Ärmel wischte. Schön, dass es in jeder Stadt ein paar herzensgute Omas gibt, auf die man sich verlassen kann. Sie erzählte mir in der Warteschlange von ihren Enkeln, die ich bald alle mit Namen kannte, und gerade war der kleine Eike vom Dreirad gefallen, als die Reihe endlich an mir war. Sie gab mir zum Abschied noch ihre Tempopackung, und ich winkte kurz zurück. Draußen lag jetzt lockerer Puderschnee auf den unbefahrenen Stellen des Kopfsteinpflasters. Vor einigen Geschäften war schon rötlich schimmerndes Salz gestreut.

Was hatte die Bücking-Rammler mit Richter Müller zu schaffen? Ich war sicher, sie hatte Richter Müller gemeint, als sie das Buch für einen Oberlandesgerichtsrat kaufte.

Trotzdem: Jetzt keine Spekulationen! Katja würde mich in der nächsten Zeit dringender brauchen denn je. Ich wollte ihr ein guter Partner sein, was in meiner Vorstellung bedeutete, dass der handsome man langsam mit dem Herrichten des Kinderzimmers beginnt. Descartes' Meditationen zusammen mit einem Elternbuch an die Brust gedrückt, strampelte ich über rutschiges Kopfsteinpflaster am Krameramtshaus vorbei, worin damals noch die Stadtbücherei residierte. Bei Charlotte am Bahnhof nahm der Malocher noch ein Schaschlik mit Pommes Majo zu sich, das von einem Krombacher als Gleitmittel unterstützt wurde, bevor er endlich mit dem Rad den Zug nach Nienberge-Häger bestieg.

Zu Hause angekommen, klingelte gerade das Telefon.

»Hallo? Wer ist da bitte?«

»Hallo, Tom. Rupert am Apparat.«

Große Satellitenschüsseln wuchsen aus meinen Ohren.

»Hallo, Rupi! Was gibt's denn?«, fragte der verschnupfte Detektiv im Humphrey-Bogart-Stil. »Geht dir der Arsch auf Grundeis?«

»Wie kommst du denn darauf? Ich wollte nur mal nachfragen, ob du nicht Lust hast, wieder zur Gruppe zu kommen. Die beiden anderen fänden es toll. Ich natürlich auch.«

Ich war jetzt nicht in der Stimmung für Komplimente. Warte, Freundchen, nur ein Weilchen, so entkommst du mir nicht. Eine geradezu brutale Lust, ein Geständnis aus dem Verdächtigen rauszuquetschen, packte den Privatcop, der den Mord am jungen Richie Müller aufklärte und schon mal vorsorglich die Handschellen klicken ließ, bis endlich seine lahmen Kollegen vom Staatsdienst eintrafen. Ich legte an und schoss ins Blaue.

»Ich habe gerade deine Ulrike in der Stadt gesehen. Sie hat ein Buch für Richter Müller gekauft. Na, klingelt's bei dir?«

Totenstille am anderen Ende. Dann ein kurzes Räuspern.

»Bist du sicher, dass das Ulrike war?«, fragte mich Rupert mit belegter Stimme.

»Nein, mein Blindenhund ist eingeschläfert worden. Natürlich war sie es.«

»Habt ihr miteinander gesprochen?«

»Nein, aber sie hat zu verstehen gegeben, dass das Buch für einen Richter vom Oberlandesgericht, dessen Name mit ›M‹ beginnt, gedacht sei. Sie wollte es schön eingepackt bekommen.«

»Tut mir Leid, Tom, aber ich weiß von gar nichts«, verteidigte er sich mit leicht zittrigem Timbre. Er klang irgendwie verzweifelt.

»Tom?«

»Was gibt es, Rupert?«

»Glaubst du, sie ist eine von den Frauen, die heimlich fremdgehen?«

»Komm, Rupert, diese Geschichte nehm ich dir nicht ab. Woher kennst du Richter Müller?«

»Ich kenne keinen Richter Müller!«, brüllte er in den Hörer. »Sie hat gesagt, dass sie ihre Freundin besucht.«

»Wenn das so ist, Watson«, ätzte ich zurück, »frag sie doch mal nach unserem Dr. Müller. Ist doch interessant für uns beide, oder?«

»Mir reicht es jetzt!«

Die Leitung wurde unterbrochen. Schon gut, Rupert, ich glaube sowieso nicht, dass du ein Mörder bist. Andererseits sind es ja oft gerade die unauffälligen, grau wirkenden Vögel, die am längsten frei rumlaufen, und gegen Rupert war Rudolf Scharping schon damals ein bunter Papagei. Ich versuchte mich neu zu sortieren, denn schließlich galt es die strategische Reihenfolge einzuhalten: erst die Familie, dann der Porsche und am Ende meinetwegen Richie. Mich wunderte nur, dass niemand außer der Mutter den Verschwundenen so richtig vermisste. Aber auch mir wäre er schließlich egal gewesen, hätte ich ihn nicht zuletzt mit rausgestreckter Zunge gesehen.

Der Werkzeugkasten stand wie immer in der Besenkammer und wurde jetzt erst mal ins kommende Kinderzimmer verfrachtet. Ja, es würde ein Spielzeugland für den Kleinen werden mit viel Platz für Legolandschaften, durch die eine Eisenbahn ihre Waggons zöge. Für den Moment war allerdings zugegebenermaßen noch etwas Phantasie nötig, um sich das kleine Paradies vorzustellen. Der blasse Kegel der Taschenlampe beschien die verrottete Tapete entlang der Wanddeckenkante, weil das Tageslicht des kleinen Fensters den Raum nur unzulänglich erhellte. Keine Leitungen zu sehen, die eventuell Strom für die Deckenbeleuchtung hätten liefern können. Meine männliche Intuition sagte mir jenseits allen Fachwissens, dass ich mit der Abdichtung nach außen zu beginnen hätte, um dann elektrische Leitungen zu ziehen. Alles sollte unter Putz liegen. Nach dem Verputzen kommen schließlich nach Absprache mit der Mutter meines Sohnes die neuen Tapeten mit den blauen Elefanten drauf zum Einsatz. Das war der Plan, so sollte es werden. Ich sah durch das kleine Fenster hinauf zum wolkenverhangenen Himmel, dessen Licht den Schnee auf den Äckern in schmutzigem Grau scheinen ließ. Unendliche Tristesse, die mir eine Gänsehaut überzog, lag in dieser Aussicht. Reiß dich zusammen, Tom! Wenn dein Baby nicht depressiv zur Welt kommen soll, musst du dein Tagewerk beginnen. Die Schwierigkeiten setzten jedoch schon vor der ersten Handlung ein: Der Spachtel, mit dessen Hilfe ich die gelblichen Tapeten von der Wand schaben wollte, war nicht an seinem gewohnten Platz. Stattdessen fand ich allen möglichen Kram, den mit Sicherheit nicht Tom in den Werkzeugkasten gepackt hatte: Rosendraht, eine Gartenschere, ein verrottetes Stück Seil. Hier war offenbar Gärtnerin Katja am Werk gewesen. Ist ein Mann zu empfindlich, wenn er das als eine Art Grenzverletzung erlebt? Was würde Katja wohl dazu sagen, wenn ich ihren Kleiderschrank umräumen und dabei noch ungefragt meine Socken integrieren würde. Still, Tom! Hör auf zu jammern! So ist das mit dem Zusammenleben: Alles wird plötzlich kompliziert. Füg dich hinein, denn du hast es so gewollt. Ich ging zum Kühlschrank, holte ein Pinkus Müller heraus und nahm einen kräftigen Schluck. Die Tür zu Katjas Arbeitszimmer stand angelehnt. Durch den Spalt konnte man den Hifi-Turm sehen. Ich verspürte plötzlich den heißen Wunsch nach gutem alten Rock 'n' Roll. Katja war nicht da, kein Nachbar in zwei Kilometern Umkreis. Alles schrie nach einem extrem lauten Stones-Konzert. Ich wollte mir mit Keith Richards' Gitarrenriff von »Honky Tonk Woman« auch noch die letzten Erinnerungen an die Neue Deutsche Welle raussäbeln, nicht mehr an Richie, Rupert oder sonst wen denken. Die Boxen knackten schon vielversprechend, als meine Finger den Regler nach oben schoben. Charly tippte bedenklich laut an die Kuhglocke, und dann sagte mir seine Bassdrum unmissverständlich: Es *ist* laut! Aber what can a poor boy do, except to sing for a rock'n'roll band? Wie ich gerade in Mick-Jagger-Pose und unter Einbeziehung verschiedener Palucca-Tanzelemente zur offenen Küchenbühne hampelte, fiel mein Blick plötzlich auf den vermissten Spachtel, der sich auf Katjas Schreibtisch räkelte, als wäre dieser schon immer sein Platz gewesen. Was hatte der Spachtel hier zu suchen? Meine Großhirnrinde mischte sich wieder unbarmherzig ins Geschäft, so dass die Stones entgegen dem Expertenrat des lymbischen Systems leise weiterspielen mussten. Jetzt war präzise Denkarbeit gefragt, nicht donnerndes Toben! Ich begann den Schreibtisch systematisch zu betrachten: Außer dem Spachtel lagen hier nur Utensilien, die sich auch zu Schreibarbeiten eigneten: Bleistift, Millimeterpapier, ein Lineal. Das fein geäderte Holz der Schreibfläche wies keinerlei besonderen Merkmale auf. Nur der Spachtel mit seinen Farbresten auf der Metallfläche passte nicht ins Bild. Doch was war das? Ganz außen am Rand der Horizontalen lag ein feines, blattgoldartiges, weißes Farbpigment auf dem Holz, das offensichtlich von dem Spachtel stammte. Direkt an die Schreibfläche grenzte nach unten im Neunziggradwinkel eine Spanplatte als Verkleidung, die rechts und links von den Stützen des Schreibtisches eingefasst wurde. Von oben war nur die dünne Kante zu sehen. Katja musste aus irgendeinem Grund die Klinge des Spachtels zwischen Spanplatte und Schreibfläche getrieben haben. Dabei waren vermutlich Farbplättchen vom Metall abgeblättert. Doch was hatte sie dazu veranlasst? Vorsichtig rückte ich den schweren Tisch von der Wand ab und betrachtete die Rückseite. Dann versuchte Inspektor Tom, die Spanplatte zu bewegen: Siehe da – sie ließ sich mit ein bisschen Geschick nach oben schieben. Eine bewegliche Schiebewand im Schreibtisch riecht verdammt nach Geheimfach! Meine Vermutung sollte sich sogleich bestätigen, denn am Boden löste sich nun ein Stapel mit Luftpostumschlägen aus dem Hohlraum hinter der Verkleidung.

Ich bin kein Mensch, der anderen hinterherspioniert, besonders nicht der Freundin. Auch das Postgeheimnis würde von mir nur unter extremen Umständen verletzt werden. Aber auf den Absender wird man ja wohl schauen dürfen. Die Airmail-Umschläge kamen ausnahmslos aus Louisiana. Mit feiner blauer Handschrift stand da »Adelheid Wiesenhain, New Orleans«. Ohne weitere Adresse. Hatte nicht Richie sein Praktikum in New Orleans absolviert? Meine Hand zitterte mit feinem Tremor, doch nicht vor Aufregung. Es kam in letzter Zeit häufiger vor, dass mir die Hand zitterte. Vielleicht war es mein schlechtes Gewissen, in Katjas Sachen rumgewühlt zu haben. Jedenfalls schob ich den Stapel wieder in den Hohlraum zurück und ließ die Verkleidung wieder hinuntergleiten. Die Augen sollen mir ausfallen, wenn meine Neugier mich eines Tages doch zwingen sollte, in diese Briefe zu schauen. Ich liebe meine Freundin mehr als meine arme Mutter und die Sissi meiner Jugend zusammengenommen. Ich könnte es mir nie verzeihen, solch einen Vertrauensbruch zu begehen! Das kann mich freilich nicht hindern, bei Gelegenheit mal einige geschickte Fragen zu stellen. Ich nahm den Spachtel an mich, drehte die Stones wieder auf die Lautstärke, die einer Rockband gebührt, und machte mich daran, die Tapetenreste von der Wand des renovierungsbedürftigen Kinderzimmers zu kratzen. Das Unternehmen ging so gut voran, dass sogar noch Zeit für das ein oder andere kühle Bier erübrigt werden konnte.

XVIII

Draußen war es schon dunkel geworden, und die Musik hatte sich deutlich den Achtzigern genähert, als Madame plötzlich im Türrahmen stand. Ihre blauen Augen glänzten feucht im Schein der Stehlampe, die ich an meinen Arbeitsplatz verfrachtet hatte.

»Hallo, Tarzan«, sagte sie verliebt. Ich mochte es sehr, wenn sie Gespräche auf diese Weise einleitete.

»Hallo, schöne Frau«, erwiderte ich heiser, denn mein wunder Hals akzeptierte nur noch kurze Sätze mit kalter Flüssigkeit.

»Oh Schätzchen!«, rief sie halb scherzhaft, halb mitleidig, »du bist ja ganz erkältet.« Schon lag ihre Hand auf meiner Stirn.

»Fieber hast du nicht«, diagnostizierte Krankenschwester Katja, »aber hier ist es viel zu kalt zum Arbeiten.«

Sie zog mich an der Hand hinter sich her in die Küche. Der Ofen hatte den Raum gemütlich aufgeheizt, und während sie mir die Schläfen mit Tigerbalsam einrieb, sog ich den Duft ihrer Haut gierig ein. Vor meinen Augen schunkelten unbeabsichtigt ihre vollen Brüste wie zwei reife Wassermelonen, die schleunigst geerntet werden sollten.

»Nicht, das tut weh«, wehrte sie sanft ab, als meine Grabscher unter ihrem weiten Shirt wuselten, »hier fühl mal, dein Sohn.«

Ihre Hand drückte die meinige auf ihren straffen Bauch, und tatsächlich: Jemand klopfte unter ihrer zarten Haut, als protestiere er gegen Katjas Totalvereinnahmung. Vater werden ist eine verdammt abstrakte Angelegenheit: Dir kann die Frau hundertmal sagen: »Du wirst Vater« und dabei meinetwegen ein Ultraschallfoto auf den Tisch knallen – wenn du es nicht wenigstens einmal gespürt hast, bleibt dein Kind abstrakt bis zur Geburt. Ich legte mein Ohr horchend auf ihre Bauchdecke, während sie mir wie einer Katze durchs Haar strich.

»Ich schneide mir übrigens die Haare ab«, hörte ich ihre Stimme von fern das Geräuschgewitter aus ihrem Bauch übertönen.

»Warum denn das?«, schrak ich auf, denn kurze Haare erinnerten mich eher an Kerle oder geschlechtsneutrale Radikalfeministinnen. Meine süße, runde Freundin als militaristisch anmutende Jeanne d'Arc?

»Ist einfacher zu pflegen«, lautete die knappe Antwort, während sie sich von mir abwendete, um sich aufmerksam im Badezimmerspiegel zu betrachten und dabei mit den Fingern an ihren Haaren herumzufummeln.

»Aber du hast so wunderschöne Haare, so seidig und goldblond«, säuselte eine akustische Luftschlangenlinie zu ihr hinüber. War es die Lobpreisung ihres Hauptschmuckes oder der Rod-Stewart-Einschlag in meiner Stimme? Jedenfalls hielt sie kurz inne, als überlege sie es sich noch einmal. Während sie noch so nestelte, überfiel mich plötzlich die Furcht, sie könnte eine höchst unangenehme Frage in den Raum werfen.

»Hast du den Porsche hinterm Haus geparkt?«

Hatte ich das zweite Gesicht mit Blick in die Zukunft? Jetzt schnell improvisieren und das Thema wechseln!

»Ähm, nee, der ist noch nicht wieder hier. Ich wollte ihn holen, muss aber erst noch den Schlüssel wieder finden. Er ist wie vom Erdboden verschluckt.«

»Hast du schon deine Jackentasche durchsucht?«

Eine absolut nahe liegende Frage, die nur darum nervte, weil die Antwort noch sehr viel näher lag.

»Da hab ich natürlich als Erstes nachgeschaut«, krächzte ich angestrengt.

»Entschuldige bitte«, hallte es halb beleidigt zurück, »ich kann ja nicht wissen, dass der Herr bereits *alles* durchsucht hat«, und nach einer kurzen Pause: »Ich hab noch einen Ersatzschlüssel. Den kannst du ja erst mal nehmen.«

Ich war froh, ein wenig Zeit gewonnen zu haben, weshalb mir der nächste tiefe Schluck aus der Flasche besonders munden sollte.

»Holst du ihn dann heute zurück?«, fragte sie just in dem Moment, als mein Kehlkopfdeckel aufklappte. Das Ergebnis war ein Hustensturm, der mir eine ungefähre Vorstellung von einem Asthma-bronchiale-Anfall erlaubte. Der Rotz lief mir aus Mund und Nase, die Augen tränten, und mein Japsen war herzerweichend. Sie stürmte aufgeregt hinzu. Ihre Fäuste trommelten etwas unsystematisch auf meinem Rücken herum, derweil sie beinahe entschuldigend immer wieder in eine Art Singsang verfiel:

»Ist ja gut, beruhige dich, gaanz ruhig.«

Als ich mich wieder etwas gefangen hatte, reichte sie mir eine Rolle Toilettenpapier, die sie trotz der Aufregung gleich mitgebracht hatte. Sie war schon eine richtige Mama, fand ich.

»Entschuldige bitte. Du bist ja richtig krank. Ich kann den Porsche auch selbst holen.«

»Ach weißt du«, ächzte ich, »es geht schon wieder. Alles halb so wild. Ich hole ihn morgen zurück. Ist schwer zu beschreiben, wo er gerade steht.«

Sie lächelte dankbar. Es vergingen einige Minuten, in denen sie schweigend das Abendmahl bereitete und ich den Tisch von leeren Pinkus-Müller-Flaschen freiräumte. Mir spukten die Luftpostumschläge im Kopf herum.

»Sag mal, was hältst du davon, wenn wir nach der Geburt mal in die USA fliegen? Vielleicht nach L.A.?«

»Wie kommst du denn darauf?«, fragte sie ehrlich erstaunt.

»Kann auch Chicago oder New Orleans sein.«

Aus dem Augenwinkel konnte ich sehen, wie sie kurz zögerte. Dann lachte sie hell auf: »Du bist mir ja einer! Kommst auf verrückte Ideen.«

»Nein, mal ganz im Ernst. Ich hätte Lust, nach der Geburt unseres Kindes in die USA zu fliegen. Einfach, um was anderes zu sehen.«

Sie schien immer noch belustigt. »Tom!«, tadelte sie nachsichtig. »Du wirst Vater, dein Bafög endet in diesem Wintersemester, und wir müssen das Haus renovieren. Wie sollen wir deinen Trip denn bezahlen?«

»Hast du nicht zufällig einen reichen Onkel in Amerika?«, fragte der Fuchs hinterhältig die Gans, die nun die Augen zusammenkniff, wie immer, wenn sie angestrengt nachdachte.

»Nein«, sagte sie zögernd und dann: »Nur eine Brieffreundin. Du wirst es nicht glauben; ich habe Adelheid schon als Jugendliche über die Bravo kennen gelernt. Wir schreiben uns noch heute.«

Wie hatte ich nur so misstrauisch sein können? Ein virtueller Sack flog von draußen durch die Luft direkt über mein Haupt, wo er sich von allein öffnete, und heraus fiel ein Ascheregen, der mich schwarz einfärbte wie das Tintenfass im »Struwwelpeter« die frechen Kinder. Sie ahnte nichts von meinen Gefühlen, denn sie lächelte mich weiter freundlich an.

»Was hast du denn?«, fragte sie besorgt, während sie mich aufmerksam betrachtete.

Ich gab ihr durch Zeichen zu verstehen, dass mich das Sprechen schmerzte, was sie sogleich zum Anlass nahm, all die Dinge mit mir zu besprechen, bei denen sie meinen Widerstand erwartete: Wann ich mein Studium endlich beenden wolle? Ob wir vom Geld ihrer Eltern leben sollten oder wie ich mir das sonst vorstelle? Ob ich eigentlich schon an eine Lebensversicherung für die kleine Familie gedacht hätte? Die Hengst-Filterwerke am Nienkamp würden auch schon mal Studenten einstellen und so weiter und so fort.

Während die provokanten Themen von ihr mit zunehmender Wohlgelauntheit und ob meiner Stummheit widerspruchslos abgehandelt wurden, entwickelte ich eine Ruhe, die mir selbst unheimlich war. Ihre Stimme drang nur noch aus der Ferne an mein Ohr, aber ihr fein geschwungener Mund entzückte mich. Wie er bei den O- und U-Lauten die Lippen schürzte, sie dann wieder auseinander riss, um eine makellose Perlenkette weißer Zähne zu entblößen. In reiner Kontemplation und ungeahnter Langsamkeit nahm ich ihre

Bewegungen wahr, wenn sie mit Gesten die Worte unterstrich, die ihr wichtig waren. Ja … sie war die Frau, die ich liebte, auf die ich immer gehofft hatte, die mir einen Sohn schenken würde.

»Tom?«

»Äh, ja?«

»Ich werde sie mir abschneiden.«

»Wie bitte?«

»Du hörst mir ja gar nicht zu!«, beschwerte sie sich nicht ganz zu Unrecht, doch zeigte ihr Lachen an, dass es ihr nicht viel ausmachte.

»Aber dann siehst du aus wie ein Kerl!«, protestierte ich heiser, um ihr zu beweisen, dass ich bei der Sache war, »das wird zulasten meiner Libido gehen!«

»Oh, là là!«, machte sie auf Französin, »bist dü omophob?«

Homowas? Keine Ahnung, worauf sie hinauswollte, aber mich nervte, dass ihr meine Meinung zu ihrer Tracht letztlich egal war. Ich griff in ihr langes, blondes Haar und zog ihren Kopf vorsichtig in den Nacken.

»Isch bin ein Mann«, hauchte heißer Atem ihr ins Ohr, bevor meine Zunge zwischen ihre Lippen drang …

Wir lagen auf unserem Laken im Hochbett, Obergeschoss. Das Fenster hatten wir für einen Moment aufgerissen, obwohl der Radiator auf Hochtouren lief. Der Schweiß klebte auf unseren Körpern. Ich küsste ihre salzige Gänsehaut.

»Es war wunderbar«, seufzte sie, und ich merkte ihr wohlige Entspannung an. Gerade wollte ich ihr das Kompliment zurückgeben, als zu meinem Verdruss der Blick auf das Teppichmesser fiel, dessen Griff friedlich zwischen Matratze und Bettkante geklemmt seiner weiteren Bestimmung harrte.

»Sag mal, Schatz«, versuchte ich es diplomatisch, »wie kommt es nur, dass mein Werkzeug übers ganze Haus verstreut ist?«

»Wieso?«, fragte sie relaxed mit geschlossenen Augen. Ich musste konkreter werden.

»Ich meine, was hat das Teppichmesser hier zu suchen?

Man darf ja schon dankbar sein, dass wenigstens die Klingen eingefahren sind.«

»Ach so«, schnurrte sie, »hab ich zum Ausschneiden von Jeansflicken benutzt.«

»Hier oben?«

»Warum nicht?«

Kritisiert man die Frau seines Lebens, mit der man soeben geschlafen hat? Nicht unbedingt, es sei denn, es ist *wirklich* wichtig.

»Könntest du bitte in Zukunft darauf achten, die Dinge wieder dahin zurückzulegen, woher du sie genommen hast? Das würde mir die Arbeit am Haus erheblich erleichtern.«

Sie seufzte mit geschlossenen Augen tief durch.

»Aber ja, mein Liebster. Aber ja.«

XIX

Die Kaffeemaschine brodelte munter ihr Lied von der Gemütlichkeit. Draußen überzog eine dicke Schneeschicht die Äcker und Wiesen. In den kahlen Bäumen hockten ein paar verlorene Krähen. Eine weiße Weihnacht auf dem Lande? Ich war nicht sicher, ob Katja über die Feiertage nach Düsseldorf fahren würde. So oder so, ich musste damit rechnen, dass sie den Porsche ihres Alten zurückfordern würde. Nervös lief ich in der Küche herum, immer auf der Suche nach einer kleinen Beschäftigung, die man jederzeit abbrechen konnte. Es macht keinen Spaß, auf einen Anruf zu warten, wenn es dringend ist. Vielleicht wäre es was anderes, wenn Stockholm erwägen würde, mir den Nobelpreis zu verleihen, und der erlösende Anruf in der Luft läge, aber nicht in meiner Situation. Katja hatte mir den Zweitschlüssel auf den Küchentisch gelegt. Ich schrieb ihr einen Zettel, der mit den Worten »bonjour ma petite« begann und eine Art verbales Nachspiel darstellte, um sie bei Laune zu halten. Endlich, nach einer Stunde unschlüssiger Übersprungshandlungen, läutete das Telefon. Ich hechtete zum Apparat. »Hallo?«

»Hallo, Tom, du kannst deinen Wagen jetzt abholen«, hörte ich Thea sagen.

»Bin schon unterwegs«, rief ich, aber die Leitung war bereits gekappt. Richies Rennrad war an den Schuppen gelehnt. Über Land ging es dann zum kleinen Bahnhof Nienberge-Häger. Ich war es mächtig leid, Richies Rad von A nach B zu transportieren, doch jetzt, so meine berechtigte Hoffnung, würde es wieder aus meinem Leben verschwinden, genau wie Richie selbst. Wilhelm würde es einfach in Empfang nehmen, mir die Autoschlüssel in die Hand drücken, und damit hätte es sich dann auch. Ende gut, alles gut.

Die leere Heerdestraße stimmte mich nachdenklich. Kein Porsche weit und breit. Der Summer ging, und ich drückte die

Tür auf. Thea kam die Treppe herunter. Sie hatte ihren Irokesen noch nicht hochgegelt und festgesprayt, so dass sie wirklich zum Gruseln aussah.

»Komm rein«, sagte sie und schlurfte mir voraus in die Küche, »Wilhelm kommt jeden Moment nach Hause. Er hat eben aus Gronau angerufen.« Was heißt hier jeden Moment, dachte ich, und wieso aus Gronau?

»Willst du einen Tee?«

»Ja danke«, krächzte ich.

Eine lange Pause entstand. Nicht, dass mir Schweigen grundsätzlich etwas ausmacht, aber jetzt war es mir unangenehm. Ich erinnerte mich, sie zuletzt mit Fragen über Richie genervt zu haben, weshalb ihre Stimmung damals ziemlich abgeschmiert war. Nachdem sie den Wasserkocher angeworfen hatte, verließ sie wortlos die Küche in Richtung Bad. Auf der Treppe konnte man den Pitbullterrier trappeln hören, der anscheinend sein Frauchen suchte.

»Platz, Satan«, schallte es jetzt aus dem Badezimmer. Ich nahm mir vor, sie vorerst nicht mit Richie zu belästigen, zumindest nicht, bis der Porsche wieder in sicheren Gefilden stand. Ich goss das kochende Wasser in die bereitstehenden Tassen. Der Bronchialtee zog schon eine Weile, als sie endlich im vollen Ornat zurückkam, ganz in schwarzem Nietenleder und mit einem Kamm auf dem Schädel, der jedem Stegosaurus zur Ehre gereicht hätte.

»Du bist eine merkwürdige Punkerin«, rutschte es mir raus, »hörst Jimi Hendrix statt Iggy Pop oder die Dead Kennedys und leistest dir ein ganzes Haus. Wo sind die Ramones und die ganze Provokation?«

»Hast du ein Problem damit?«, raunzte sie ungehalten.

»Piano, Thea – ich habe überhaupt nichts gegen dich.«

Prüfend schaute sie mich an, während ihre Lippen an der heißen Tasse schlürften.

»Mich würde nur interessieren, wie man von einer braven Theologiestudentin zur Edelpunkerin der Extraklasse mutiert«, bohrte Soziologe Tom.

Thea schien sich etwas zu beruhigen und begann, Satan zu kraulen, der sich zwischen ihre Beine gepflanzt hatte.

»Dass die Menschen immer Schemata und Klassifizierungen brauchen«, stöhnte sie, »kann ich nicht einfach ich sein, egal, was ich gerade anhabe oder anhöre?«

»Zugestanden. Aber du hast auch die anderen Punks zu Besuch. Die müssen dich doch für eine von ihnen halten.«

»Na und? Meine liebe Freundin ist voll auf dem Esoteriktrip. Bin ich darum eine durchgeknallte Spiritistin? Jeder sieht in mir was anderes.«

»Wie bezahlst du eigentlich deinen Palast?«

»Ich wüsste nicht, was dich das angeht«, reagierte sie scharf.

In diesem Moment klingelte es.

»Das wird Wilhelm sein«, rief sie auf dem Weg zur Haustür. Aus dem Flur drang ein kurzes Tuscheln, dann ein lauteres, unverständliches Raunen. Schließlich kamen die beiden in die Küche. Thea stopfte eine durchsichtige Plastikpackung mit weißem Inhalt in ihre Kaffeedose im Schrank. Wilhelm sah aus wie durch die Gosse gezogen, lachte mich aber freundlich an, wobei er ziemlich verrottete Zähne entblößte. Ganz schön optimistisch für eine No-future-Punkerin, geschmuggeltes Heroin in eine Kaffeedose zu packen; Drogenfahnder Tom würde da jedenfalls als Erstes nachschauen.

»Und, wie war dein Trip nach Amsterdam?«, fragte ich lässig wie ein prominenter Superjunkie seinen Kurier.

Wilhelm reichte mir wortlos lächelnd die Autoschlüssel, die ich ohne Zögern in die Hosentasche verfrachtete. Thea stellte eine Tasse Früchtetee vor ihn auf den Tisch, derweil er seine versiffte Wildlederjacke über die Lehne seines Stuhles hängte.

»Ich habe dir dein Fahrrad hergebracht. Danke übrigens fürs Ausleihen«, heuchelte Schwächling Woody Tom Allen in seiner typischen Einknickart, denn eigentlich regte sich Conan der Barbar in mir. Aber war es nicht gerade die Selbstbeherrschung, die den schlauen Odysseus von Achill unterschied? Ist Ausrasten konstruktiv? Sollte ich Wilhelm à la

Hektor hinter dem Porsche herschleifen? Er schaute mich ziemlich unbeteiligt mit seinen Stecknadelkopfpupillen an, was jede Konversation hoffnungslos erscheinen ließ. Ich versuchte es trotzdem, denn schließlich fuhr der junge Mann das Fahrrad meines toten Blutsbruders Richie.

»Übrigens ein schönes Rad. Von wem hast du es geschenkt bekommen?«

»Geschenkt? Nee, getauscht«, erwiderte Wilhelm in Zeitlupe. Ich schaute misstrauisch zu Thea rüber, die sich jetzt energisch zu Wort meldete.

»Wie? Du hast mir doch gesagt, der Mike hätte es dir geschenkt?«

Er drehte sich im Schneckentempo zu Thea herum. »Nee, hab ich gegen deine Luftmatratze mit ihm getauscht«, grinste er, »hat er irgendwo abgezogen.«

Ein Gewitter lag in der Luft.

»Eigentum ist Diebstahl«, setzte der Junkie noch philosophisch nach. Thea war sichtlich verärgert. Ich machte mir keine Hoffnungen herauszufinden, wo dieser Mike wohl Richies Rad herhatte, aber dass ich den Blitzaufkleber von dem Alugestänge in Katjas Keller gefunden hatte, sprach dafür, dass auch das Rad irgendwie dorthin gelangt und später von dort wieder entfernt worden war. Und wenn diese Vermutung richtig ist, feuerten meine Neuronen durchs Hirn, stellt sich die Frage, wie zum Teufel dann das Rad in Katjas Keller geraten ist?

»Wohnt dieser Mike zufällig in der Rudolf-von-Langen-Straße?«, fragte ich. Wilhelm zuckte wortlos die Schultern.

»Ja dann hast du ja jetzt, was du wolltest«, drängelte mich Thea nun, »wir haben hier noch zu tun.«

»Einen Moment noch. Eine kleine Inspektion des Wagens möchte ich schon noch vornehmen. Ist schließlich nicht meiner«, erwiderte ich, als ob Letzteres eine Rolle spielen würde. Egal, ob meiner oder nicht; wer mir einen Porsche 911 Cabrio stiehlt, muss mit harten Reaktionen rechnen.

»Was bist du bloß für ein Spießer!«, empörte sich Thea.

»Und ich hab dich schon fragen wollen, ob du Heiligabend mit in die Scheinheilige Nacht im Jovel willst!«

Satan spürte die gespannte Atmosphäre, was er durch leises Knurren anzeigte. Der Junkie saß immer noch unbeteiligt herum. Wie kommt Thea darauf, mich ins Jovel einzuladen?

»Wer spielt denn da am vierundzwanzigsten?«

»Herman Brood, wenn dir der was sagt, aber ich glaube, der spielt nicht für Spießer.«

Diese Punkertussi ging mir langsam auf die Nerven. Es wurde für mich Zeit, das Drogenumschlagszentrum zu verlassen. Ich verspürte keinerlei Lust auf neuen Ärger, weshalb mein Abgang höchst unspektakulär und knapp vonstatten ging.

Draußen vor der Tür stand der Porsche im Schneematsch und machte einen ganz passablen Eindruck. Der Meister des Technischen Überwachungsvereins schlich wie eine Katze um den Wagen, bereit bei jedem Kratzer oder sonstiger Unregelmäßigkeit Alarm zu schlagen. Doch alles schien in Ordnung zu sein; kein Kratzer, keine Delle. Aus dem aufgeschlossenen Wagen kroch mir kalter Zigarettenqualm in die Nase. Der Aschenbecher war überfüllt mit Kippen von Selbstgedrehten ohne Filter. Es hätte wirklich schlimmer kommen können: benutzte Kondome oder eingeschwärzte Silberlöffel zum Beispiel. Ich sog noch einmal tief die kalte Winterluft ein, ließ mich in den niedrigen Ledersitz fallen und drehte den Zündschlüssel. Die Nadel der Tankanzeige schob sich auf Halbvoll. Goodbye, Willi und Thea, hörte ich mich sagen, erleichtert, die Porscheaffäre ohne Schwierigkeiten beenden zu können. Mein rechter Fuß senkte sich um zwei Grad nach unten, und der Porsche schoss ab wie ein Pfeil, raus aus der Heerdestraße über die Einflugschneise Lazarettstraße in den Steinfurter Hockenheimring. Man braucht sich über die Schnecken im städtischen Verkehr gar nicht erst aufzuregen, wenn man sich immer wieder klar macht, dass Autos auch unter zweihundert PS von Rechts wegen zugelassen sind. Wilhelm hatte eine unbeschriftete Kassette im Rekorder stecken gelassen. Ich schob das Ding neugierig rein und drehte am Knöpfchen. Die Hölle brach aus! Rote Ampeln sind nur ein Vorschlag, wenn die Hardrocker von AC/DC mit »High Voltage« loslegen. Natürlich in adäquater Lautstärke, eine Erkenntnis, die jedem Fünfzehnjährigen glasklar ist, aber mit zunehmendem Alter oft abhanden kommt.

»Mach die Negermusik gefälligst leiser (wahlweise auch aus)«, hieß es früher immer aus berufenem Munde, wenn ich gerade abhob. AC/DC leise zu drehen ist so, als spielte man Beethovens Mondscheinsonate mit neunzig Dezibel und jemand würde dir durch Handzeichen signalisieren, dass das noch viel zu leise ist. Du musst den Wind aus den Boxen spüren, wenn Angus Young die Saiten befingert. Zugegeben, wenn man dann noch mindestens zweihundert PS unterm Hintern hat, können sich die Dinge schon mal überschlagen. Da gilt es, hundertprozentig die Kontrolle über sich und das Geschoss zu behalten. Keine leichte Aufgabe für Tom Lauda, aber auch nicht unlösbar! Das Ortsschild von Münster-City war schon in Sichtweite, als an der Ecke beim Chinesen, gegenüber von den damals noch englischen Kasernen, Rupert aus der Gasselstiege spazierte. War es meine Neugier oder mein Wunsch, mit dem Porsche gesehen zu werden; jedenfalls setzte ich den Blinker und fuhr rechts ran. Rupert sprang erschrocken zur Seite und wollte mir gerade einen Vogel zeigen, als er mich erkannte. Die Kassette schnellte auf Fingerdruck heraus. Durch die geöffnete Tür blickte Rupert ins Innere des rollenden Rockpalastes.

»Sag bloß, das ist deiner?«, fragte er ungläubig.

»Wieso denn nicht? Komm, steig ein!«

So ein Heckspoiler macht nur bei starkem Anzug Sinn. Wir vergessen mal für einen Moment das Waldsterben. Es müsste phantastisch sein, in einer abhebenden Rakete zu sitzen! Sechs Zylinder sorgen für den korrekten 200-PS-Schub! Fünf Minuten später heizte das Team der Paris-Dakar-Münster-Ralley mit freundlicher AC/DC-Unterstützung im Schneegestöber über die A1 Richtung Bremen.

»Highway to hell«, brüllten wir im Chor mit den Hardrockern, während die Wiesen und Felder an uns vorbeiflogen. Ich hielt mich immer für einen Pazifisten, war mit allen anderen Friedensbewegten im Bonner Hofgarten demonstrieren, fand Mahatma Gandhi schwer in Ordnung und nun dies: gnadenloses Weghupen der verstörten Verkehrsteilnehmer von der linken Seite. Wie verschreckte Hühner zuckten sie in die Kriechspur. Die Tachonadel vibrierte im Rhythmus von »Whole lotta Rosie« über der Zweihundertermarke, das Lenkrad begann zu schwitzen, und der Scheibenwischer ächzte, als vor uns eine plötzlich auftauchende Autoschlange ein spontanes, aber auch äußerst gekonntes Bremsmanöver erforderte, bei dem sich der Porsche zweimal um seine eigene Achse drehte. Voll »Der Siebte Sinn«, nur ohne die obligatorisch eingedrückte Karosserie! Rupert schaute mich entgeistert an und riss die Kassette aus dem Tapedeck. Das Blut war ihm aus dem Gesicht gewichen.

»Bist du wahnsinnig?«, schrie er mich mit weit aufgerissenen Augen an.

»Bleib cool, Mann. Ist ja nichts passiert«, versuchte ich ihn zu beruhigen. Meine eh schon geschundene Stimme klang endgültig so heiser wie die eines Politikers nach achtwöchiger Wahlkampfschlacht. Um uns herum hupten die Leute wie blöde. Brav ordneten wir uns jetzt bis zur nächsten Ausfahrt in die Schlange zur Rechten ein. Mein verstummter Beifahrer blickte ziemlich ernüchtert in den grauen Himmel. Er tat mir irgendwie Leid, wie er so dasaß und nach oben starrte, als erwarte er von dort eine göttliche Botschaft.

»Wie geht es Ulrike?«, fragte ich nach einer Weile.

»Du hattest Recht«, gab er knapp zurück, doch spürte ich, dass er reden wollte.

»Und weiter?«, fragte ich vorsichtig.

»Sie kennt den Alten von Richie. Aber nur dem Namen nach.«

»Hat sie dich betrogen?«

»Ja, irgend so ein Rechtsreferendar, der wohl von den Müllers eingeladen worden war. Er hat Rike da mit hingenommen.«

Rupert sah verdammt schlecht aus. Was sagt man einem gehörnten Stier mit dem Was-hat-er-das-ich-nicht-hab-Syndrom?

»Tut mir Leid, Mann.«

»Ich weiß nicht, was sie an diesem Schnösel findet!«, erregte er sich plötzlich. »Spielt mir die Volkshochschuladeptin vor und trifft sich heimlich mit diesem feinen Pinkel. Na schönen Dank auch!«

»Echt heftig.«

»Und jetzt ist sie zu ihm gezogen. Hat ihre Sachen stehen gelassen und ist zu ihm gezogen. Einfach zu ihm gezogen.«

»Sie ist einfach zu ihm gezogen?«

»Wenn ich es doch sage«, jammerte er.

»Ich fahr dich nach Hause, okay?«

Er nickte stumm.

XX

In der Melcherstraße angekommen, lud mich Rupert noch auf einen Kaffee ein. Bücking-Rammlers Wohnung schien unverändert, obwohl Ulrike doch ausgezogen war. Rupert heulte mir dann in der Küche eine Stunde lang die Ohren voll von seiner tollen Rike, die ganz offensichtlich einem Scharlatan und Hochstapler zum Opfer gefallen sein musste. Dazu gab es Plätzchen aus einer Aldi-Gebäckdose. Er tat mir wirklich Leid, doch wusste ich nicht recht mit seinem Schmerz umzugehen. Mich beschäftigte während seines ganzen Jammers die Frage, ob er mir wohl die Wahrheit gesagt hatte. Vielleicht wollte er nur nicht weiter in Verbindung mit Dr. Müller oder sogar Richie gebracht werden. Dass sich Thea von ihm wegen Richie getrennt hatte, hatte ich ja auch nicht von ihm erfahren. Stattdessen brachte er diese alberne Geschichte mit dem Ring in der Nase. Dann sein Drumherumgerede wegen dem Zippo. Meinen Leichenfund am Buddenturm hatte mir die ganze Gruppe damals ohne mit der Wimper zu zucken abgenommen. Konnte man Rupert wirklich keinen Mord zutrauen? Meine Grübelei endete erst, als sich der letzte Keks in meinem Mund aufgelöst hatte. Rupert kaute immer noch an meinem Ohr herum, erzählte irgendwas von Den-bring-ich-um und Geld-ist-nicht-alles. Aber Detektiv Tom Marlowe braucht auch mal eine Pause. Ich war es leid, immer nur im Trüben zu stochern, wollte mich vielmehr darüber freuen, den Porsche heil nach Hause zu bringen und meinen Schatz zu verwöhnen.

Mit einem aufmunternden »Du schaffst das schon«, gefolgt von einem »Die hat dich doch gar nicht verdient« verabschiedete ich mich aus Ruperts Jammertal.

Rupert brauchte es nicht zu wissen, aber die Autoschleuderei auf der A1 hatte mich mindestens ebenso erschreckt wie ihn. Die AC/DC-Kassette blieb daher lieber ungespielt im Rekorder stecken. Friedlich wie ein Lamm bog der tief gelegte Sechszylinder auf vier Rädern in den York-Ring ein. Die Ampel an der Kreuzung Steinfurter Straße sprang erst im letzten Augenblick auf Rot. Ich ging in die Eisen, da neben der Waschstraße beim ABC-Schützenhof ein grün-weißer Wagen mit der Aufschrift »Polizei« parkte. Die Exekutive kaute genüsslich ihr Mittagsmahl, das aus Alufolie hervorlugte.

»Kann ich mal Ihre Fahrzeugpapiere und den Führerschein sehen?«

Der Bulle mit dem Oberlippenbärtchen schaute mich misstrauisch an, fast so wie damals die Grenzer der NVA, als ich das erste Mal die goldene Hauptstadt der DDR besuchte.

»Also meine Fleppe hab ich seit 1983 verloren. Der Fahrzeugschein? Eben lag er noch im Handschuhfach, da bin ich sicher.«

»Dann zeigen Sie mal Ihren Personalausweis. – »Horst, überprüf den mal!«

Funkgeräusche aus dem Bullen-BMW.

»Sind Sie mit einem Bußgeld von sagen wir hundertfünfzig Mark einverstanden?«

Auf solche Szenen konnte ich gut verzichten. Also brav an der Ampel warten, bis sie mich weiterfahren lässt. Ein Opa mit Hündchen an der Leine trippelte provozierend langsam über den Asphalt. Jetzt setzte sich behäbig die Autokolonne auf der Steinfurter Straße in Bewegung. Vorneweg fuhr ein dunkelblauer Mercedes, der mir einen Adrenalinstoß durch den Körper jagte. Das war Dr. Müllers Nobelkarosse! Ich erkannte noch gerade seine Halbglatze, als der Wagen auch schon aus meinem Blickfeld verschwand. Was hatte mir Richter Müller nicht für ein Zeug über seinen Sohn erzählt? Ich glaubte ihm kein Wort von der Misshandlung Frau Müllers durch Richie, doch die Aufregung, als er von der Enterbung gesprochen hatte, wirkte ziemlich echt. Mich interessierte, wo dieser Mann am frühen Nachmittag hinwollte.

»Folgen Sie dem Wagen!«, heißt es immer in Filmen, und die Verfolger heizen wie die Besengten, aber nie werden sie dabei von Bullen beäugt. Meine Ampel sprang auf Grün, und endlich erreichte auch Opa Godot mit seinem Hündchen die rettende Zuflucht namens Bürgersteig. Die Reifen quietschten wie in den Straßen von San Francisco, als mein Wagen in die Steinfurter einbog. Ein Blick in den Rückspiegel zeigte mir an, dass die Hüter des Gesetzes ihr Mittagsmahl anstandslos fortsetzten. So konnte ich mich ganz dem alten Herrn von Richie zuwenden, der in etwa vierhundert Metern Entfernung vor mir herfuhr. Platz da, Leute, hier geht's um Mord! Die lahmen Enten huschten brav nach rechts. Gerade noch rechtzeitig erwischte ich den Benz. Achtung, Tom, jetzt biegt er in die Lazarettstraße ein! Ich jagte ihm bei tieforanger Ampelfärbung hinterher und sah ihn in die Grimmstraße einbiegen. Kaum zu fassen, aber er setzte den Blinker nach rechts in die Heerdestraße. Mit gehörigem Sicherheitsabstand blieb ich an ihm dran, bis er seinen Mercedes vor dem vertrauten strohgelben Haus mit den blauen, etwas abgeblätterten Fensterläden einparkte. Der kleine, korpulente Mann stieg aus und blickte sich kurz um. Mein Kopf verschwand augenblicklich hinter der Ablage. Okay, Tom, gib ihm fünf Sekunden, denn wenn er dich entdeckt, könnte dir vielleicht etwas entgehen. Trifft man seinen Professor im Sexshop, wartet man ja auch höflich, bis er sich den Korb mit Pornos voll gepackt hat, bevor man ihn grüßt. Als ich wieder auftauchte, stand Dr. Müller bereits an Theas Haustür. Sie öffnete freundlich lächelnd. Was zum Teufel war hier los? Was hatte dieser Besserverdiener mit der Nobelpunkerin zu schaffen? Ich beschloss, im Porsche auszuharren, um zu sehen, wie lang sich der Richter bei ihr aufhalten würde. Meine Nase lief wieder, aber diesmal waren Tempos vorrätig. Ich ließ den Motor laufen, um den Wagen warm zu halten. Katjas Papi hatte am falschen Ende gespart, denn den elektrischen Sitzwärmer suchte man vergebens. Jemand donnerte mit seinen Fäustlingen gegen das Beifahrerfenster.

»Ey, mach gefälligst den Motor aus!«, brüllte ein vollbärtiger Wuschel mit Lapplandmütze. Wahrscheinlich ein Lehrer für Reli und Sozialkunde, dachte ich. Ökofaschist Tom ließ sein Fenster runter.

»Hier ist ein Katalysator drin!«, rief ich. »Der ist tausendmal sauberer als deine Schrottkiste!«

»Na und? Kein Grund, meine Atemluft zu verpesten!«, meckerte der Umweltaktivist. Im Prinzip musste ich ihm Recht geben. Trotzdem ging er mir mächtig auf den Geist, wie er sich nun demonstrativ mit verschränkten Armen vor dem Porsche aufbaute und mich böse, böse anstarrte. Er machte keinerlei Anstalten, seiner Wege zu ziehen, so dass Ärger unvermeidlich schien. Ich suchte nach einem Kompromiss, der alle Seiten zufrieden stellen würde. Der Boxermotor verstummte, wie es sich mein Freund gewünscht hatte. Kaum zu ermessen, was ihn mehr begeisterte, die nunmehr geschützte Umwelt, die wieder frei atmen konnte, oder sein persönliches Machterlebnis in Sachen gewaltfreier Widerstand. Jedenfalls gab er gleich seine Blockade auf, lächelte überlegen und zog von dannen. Als er um die Ecke gebogen war, leerte ich erst mal den überfüllten Aschenbecher in den jungfräulichen Schnee der Heerdestraße.

An meinem Arm sucht man vergeblich eine Uhr, weil man als Philosophiestudent in der Regel auch ohne diesen Sklaventreiber zurechtkommt. Der Chronometer im Armaturenbrett hatte seinen Dienst quittiert. Meine gefühlte Zeit betrug bestimmt eineinhalb Stunden, bis Richter Müller endlich zu seinem Wagen zurückkehrte. Sollte ich auf ihn zustürzen, um ihn dann auszuquetschen? Er würde irgendeinen Vorwand angeben, sich weigern, mir zu antworten, oder schlicht bestreiten, sich bei Thea aufgehalten zu haben. Was konnte ich ihm schon anhaben? Keine Zeugen, kein Beweis. Ein Besuch bei Thea schien mir erfolgversprechender. Ich wartete noch etwa fünf Minuten und stapfte dann durch eine neue Schneeschicht die Stufen zu ihrem Eingang hoch. Sie machte in Jogginghose und Wollpullover auf.

»Hallo, Thea. Wer war denn der Mann, der eben aus deiner Wohnung kam?«

Sie winkte gelangweilt ab. »Von der GEZ.«

Wir gingen in die Küche. Während ich auf dem Stuhl mit Fensterblick Platz nahm, kramte die Lügenbaronin im Schrank nach einem neuen Becher. Auf der Fensterbank lag ein kleines Päckchen in Weihnachtsgeschenkpapier und mit aufgeklebter Schleife. Die gläserne Kanne in der Kaffeemaschine enthielt noch dunkle Plörre.

»Milch? Zucker?«

»Viel Milch bitte. So 'ne Art Café au lait wär nicht schlecht.«

Sie stellte mir eine angebrochene Milchpackung zusammen mit einem halb gefüllten Kater-Garfield-Becher auf den Tisch. Der nun schwarz gefärbte Irokese stand steil aufgerichtet über ihrem kahlen Haupt.

»Tragen wir heute Trauer?«, fragte ich neckisch auf ihre Zierde weisend.

»I wo, aber die Situation ist echt heftig«, gab sie lebhaft zurück. Gut, Tom, sie scheint in Gesprächslaune zu sein.

»Welche Situation?«

»Wilhelm ist zur Uniklinik. Er hat so einen komischen Hautausschlag bekommen und hustet ständig.«

»Vielleicht trifft er da sogar meine Freundin. Sie studiert Medizin, ist aber meistens in den Lehrgebäuden.«

Ich hatte da draußen im Porsche idealistisch für die Umwelt gefroren und genoss nun den warmen Becher in meiner Hand wie ein antiker Epikureer. Ein guter Detektiv packt nicht gleich den Hammer aus. Sie blickte kurz auf.

»Ich wusste gar nicht, dass du eine Freundin hast. Liebst du sie?«

Komische Frage für eine Frau, die mich nur flüchtig kennt.

»Logisch. Es ist sogar schon Nachwuchs unterwegs.«

»Ich will keine Kinder«, erklärte sie feierlich, »die Welt ist viel zu schlecht. Nur Lug und Trug, Umweltschändung und die Gier nach Geld.«

»Na ja, wir leben zwar nicht im Paradies, aber da wäre es doch auch langweilig, nicht wahr?«

»Also mir reicht die Spannung meines Lebens vollkommen«, lachte sie kurz.

»Deinem Irokesen zufolge stehst du mächtig unter Strom«, leitete ich Phase Nummer zwei ein, »wie laufen die Geschäfte?«

»Ich wüsste nicht, was dich das angeht.«

Diese Antwort genügt Großinquisitor Tom nicht mehr! Ende der gütlichen Befragung. Es wird Zeit, die Daumenschraube anzuziehen.

»Du dealst doch mit der High Society; Richter, Staatsanwälte und sonst wer verdienen doch an dir mit, oder?«

Sie starrte mich mit großen Augen an. Ihr Nasenring zappelte wutschnaubend, doch sie beherrschte sich. Ihr Mund verzog sich zu einem sardonischen Lächeln.

»Jetzt mach aber mal halb lang«, schnarrte sie, »ich bin doch keine Dealerin. Das gestern war Wilhelms Stoff. Ich verwahr den Mist nur für ihn auf.«

»Und der Mann von der GEZ? Der hat aber einen schicken Dienstwagen.«

Sie stutzte kurz. Dann ließ sie sich in die Stuhllehne fallen, verdrehte die Augen und bleckte die Zähne wie eine angeschossene Hyäne.

»Schaut ja auch alle Welt die Tagesschau.«

Okay, Madame. Schreiten wir zur Phase drei.

»Spiel nicht das Unschuldslamm! Der Spaß ist vorbei! Es gibt da einiges zu klären, bevor ich wieder gehe, und wenn du nicht willst, dass mein nächster Weg zu den Bullen führt, rate ich dir, kooperativ zu sein!«

»Zutrauen würde ich dir das«, zischte sie, »aber wozu spielst du hier den Rächer der Enterbten? Kannst du mir das mal verraten?«

Okay, sie bettelte um die Bombe. Es tat mir Leid für sie, aber jetzt musste Licht ins Dunkel.

»Richie ist tot. Ich habe ihn in einer Sommernacht tot am Buddenturm gefunden. Leider habe ich dann das Bewusstsein verloren. Seitdem ist seine Leiche verschwunden. Keine Spuren am Tatort. Ich will wissen, was geschehen ist.«

Thea zuckte nur die Achseln. »Warum überlässt du das nicht deinen Freunden von der Bullerei?«

»Weil das nicht meine Freunde sind. Außerdem würden sie mir nicht glauben, sondern mich eher verdächtigen. Wie gesagt: Die Leiche ist wie vom Erdboden verschluckt.«

»Und *ich* soll dir das jetzt abnehmen?«, fragte sie amüsiert.

Ich kann es nicht ausstehen, wenn sich Leute wahnsinnig überlegen vorkommen.

»Schluss mit dem Märchen vom GEZ-Onkel!«, herrschte ich sie an. »Was hatte Richter Müller hier über eine Stunde lang zu suchen?«

Sie geriet ein wenig aus der Fassung, was man daran erkennen konnte, dass sie begann, mit ihrem Stuhl zu wippen.

»Okay«, sagte sie nach einer kurzen Bedenkpause, »ich sag dir, was hier abgeht. Dafür hältst du die Bullen raus.«

»Na also. Schön, dass wir uns doch noch einig werden. Dann lass mal hören.«

»Du meinst vielleicht, ich würde vom Drogendealen leben oder von meinem alten Herrn, aber das stimmt nicht. Ich kann mir die Miete für das Haus leisten, weil ich Dr. Müller von Zeit zu Zeit gefällig bin.«

»Verstehe ich dich richtig? Du schläfst mit dem alten Sack?«

Sie verzog ihren Mund mit dem Ausdruck tiefsten Ekels. »Wo denkst du hin? Er will geschlagen und gedemütigt werden. Das gibt ihm einen Kick, der ihm einiges wert ist. Ich bin seine Herrin sozusagen.«

Da denkst du, Münster sei ein verschnarchtes, idyllisches Kleinod Westfalens, in dem brave Bürger ihrer angestammten Beschäftigung nachgehen und sich nach Feierabend um die Lieben daheim kümmern. Du genießt das friedliche Miteinander in dieser reich begrünten Fahrradstadt. Doch kratzt du gleich einer verlassenen Liebhaberin mit dem Schlüssel am Lack entlang, schon stößt du auf bezahlten Flagellantismus der Extraklasse. Du brauchst nicht nach Berlin, um alles Menschenmögliche zu finden: Münster reicht, um Mr. Hyde Gassi zu führen.

»Und Richie?«

»Den kenne ich nur aus der Zeit mit Rupert. Eines Tages war sein Vater in der WG der beiden. Ich war zufällig auch da, und er fand mich wohl ganz attraktiv. So ist unser Kontakt entstanden. Ich war nie mit Richard zusammen. Der interessierte mich überhaupt nicht.«

»Moment mal. Du hast mir doch gesagt, er sei der Grund für eure Trennung gewesen.«

»Ich wollte von Rupert weg. Um es ihm leichter zu machen und meine neue geschäftliche Beziehung zu Richards Vater zu tarnen, hab ich vorgetäuscht, in Richard verliebt zu sein. Leider hat Richard meine neue Betätigung spitz bekommen und seinen Alten damit erpresst. Er drohte, es seiner Mutter zu erzählen. Aber da kannte er den Alten schlecht.«

»Was soll das heißen?«

»Ich meine, Bertram Müller ist nicht der Typ, der sich erpressen lässt.«

»Wann versuchte Richie ihn zu erpressen?«

»Fast drei Jahre lang hat Richard die Vorliebe seines Alten toleriert und keinen Mucks gesagt. Doch als er in diesem Sommer aus den USA zurückkam, waren ihm die Dollarzeichen in den Augen abzulesen, sagt zumindest Bertram.«

»Hat der Alte dir irgendwas über Richies Verschwinden gesagt?«

»Nee, der weiß gar nichts. Er hat mich nach Richie gefragt, aber was weiß ich, wo der ist. Hier war er jedenfalls nicht. Bertram spielt für die Umwelt den besorgten Vater, um herauszufinden, wo sich der Sohnemann aufhält, nur weil er Angst hat, dass Richie ihn doch noch bei Muttern verpfeift.«

»Könntest du dir vorstellen, eben einen Mörder bedient zu haben?«

Thea schluckte kurz. Für einen Moment schien sie wirklich irritiert, doch dann wischte ihr lederbandgeschmückter Arm alle Zweifel beiseite.

»Der doch nicht. Bertram bringt nicht seinen eigenen Sohn um die Ecke. Das traue ich ihm nicht zu. Ich glaube, er hat ihn enterbt, aber Mord? Niemals.«

»Hast du sonst noch Kunden?«

»Wieso? Interesse?«

»Entschuldige mal, aber glaubst du im Ernst, ich würde dir mein letztes Geld in den Rachen werfen, damit du mich malträtierst? Seh ich so aus?«

»Sieht Bertram Müller so aus?«, fragte sie streitlustig.

»Du hast Recht: Man sieht niemandem seine Passion an, aber auch Mördern sieht man es nicht an. Wieso bist du so sicher, dass der Richter nicht vielleicht in einer Art Kurzschlusshandlung Richie getötet hat?«

»Wie denn? Auf der Promenade am Buddenturm? Du meinst, die beiden treffen sich zufällig nachts am Buddenturm? Dazu gehört ja wohl ein wenig Vorbereitung. Eine Kurzschlusshandlung kommt hier nicht in Frage. Ich frage mich nur ...« Sie zögerte.

»Was fragst du dich?«, hakte Agent Tom nach.

»Vielleicht warst du es selbst und kommst damit nicht klar. Und jetzt suchst du eine andere Version für das, was du gemacht hast, weil du 'n Schizophrener bist. Wie Anthony Perkins in ›Psycho‹ oder so.«

»Und wer sagt mir, dass du nicht lügst wie gedruckt? Zeig mir dein Studio!«

Sie lächelte spöttisch. »Also doch Interesse?«

»Nur an der Wahrheit.«

»Was ist Wahrheit?«, fragte eine aufgeräumte Pontia Pilata, als wir die Kellerstufen hinunterschritten.

XXI

Es dämmerte schon, als die Scheinwerferkegel des Porsches am Gemäuer unseres Häuschens entlanghuschten. Ich nahm das Enteisungsspray aus dem Handschuhfach und verschloss die Tür. Der Schnee knirschte unter meinen Schuhsohlen. Katja machte mir auf, hängte sich an meinen Hals, wie ich es aus hunderten von Liebesszenen kannte. Sagen wir besser, das Grundmuster war mir geläufig, denn eigentlich signalisiert mir so eine Kussszene immer, straflos abschalten zu können. In der Regel spielt es nämlich für das Verständnis des jeweiligen Filmes keine Rolle, *wie* oder *wie lange* die Protagonisten sich abknutschen, sondern nur *dass* sie es tun. Ein Regisseur, der trotzdem auf minutenlange Liebesszenen besteht, will mir vermutlich sagen: Okay, Tom, jetzt kommt der Weiberpart. Nutze die Zeit für einen Gang auf die Toilette oder zum Kühlschrank. Im Kino bist du als Kussignorant allerdings der Gelackmeierte, wenn du nicht zufällig ganz außen sitzt. Da hilft nur der Griff ins Popcorn und abschalten. Für gewöhnlich nutze ich solcherlei narrative Blackouts, um die Geschichte noch einmal Revue passieren zu lassen. Nicht, dass mich minutenlanges Schlachtgetümmel oder Verfolgungsjagden mit irgendwelchen Schrottkisten mehr begeistern. Du kennst einfach die Schemata und weißt: Du verpasst nichts, wenn du in dieser Zeit deine Einkäufe planst.

»Da bist du ja wieder«, hörte ich sie gurren, während ihre fleischig-feuchten Lippen meine Wangen herzten. Sie schien sich geradezu ekstatisch über meine Ankunft zu freuen. Ich muss gestehen, dass mich ihr Liebesrausch überraschte.

»Liebling«, hauchte ich, »was hast du denn? Die ganze Kälte zieht doch rein.«

Ein geschickter Tritt von mir zurück beförderte die Haustür ins Schloss. Wie siamesische Zwillinge trippelten wir in die wohlgeheizte Wohnküche. Aus ihrem Zimmer hörte man einen Nachrichtensprecher. Meine Hand fuhr durch ihr seidiges blondes Haar, das sie noch immer lang trug. Ihre Kugelbauchwölbung war nicht mehr zu übersehen, und doch hatte sie nichts an Sex-Appeal verloren.

»Ich liebe dich«, stöhnte sie beinahe schmerzvoll, als ich sie an mich drückte. Vielleicht hatte sie in dieser einsamen, verschneiten Gegend den ganzen Tag auf mich gewartet. Mein Beschützerinstinkt schoss mir durch die Brust wie vormals Amors Pfeil, als ich sie zum ersten Mal im Grünhaus tanzen sah. Nicht mehr der Rausch des Eros, sondern ein tiefes, warmes Gefühl ergriff mich, das auch Spuren von Dankbarkeit einschloss.

»Das ist deine Frau«, sprach eine tiefe Stimme aus dem Off, ganz wie der Hollywoodgott in den Bibelschinken mit Noah, Moses oder Abraham zu reden pflegt.

»Ja, Herr, ich habe verstanden. Das ist *meine* Frau, und der Teufel soll mich holen, wenn ich auch nur an Theas sündige Profession denke!«

So ein kleines Possessivpronomen bläst einen irgendwie auf. Ja, Tom, sie gehört dir, denn sie will niemand anderen als dich. Ich liebte diese wunderschöne, liebeshungrige, klebrige Klette und hätte sie überall mit hingetragen, wenn sie mich nur weiter so liebte, wie sie es gerade tat. Und dann fragte ich etwas geradezu Unheimliches:

»Willst du mich heiraten?«

Sie stand stumm da, den Kopf an mich gepresst. Aus ihrem Hifi-Radio schallte jetzt das ergreifend schlichte »Life is live« der Austriaband Opus. Ich hob ihr Kinn an, wie das Humphrey Bogart oder Mr. John Wayne gern bei ihren Angebeteten machten. Ihre schimmernden Augen schauten mich mit undurchsichtigem Ausdruck an.

»Willst du mich heiraten?«, wiederholte ich so zärtlich wie möglich. Meine Nase begann zu laufen. Die Sekunden zogen sich wie vormals das Kaugummi aus dem Munde des zehnjährigen Tom. Mach schon, Schatz! WILLST DU MICH HEIRATEN?

»Du musst mir nicht gleich antworten. Lass dir Zeit«, hörte ich mich in ihr Ohr wispern, und statt mir zu antworten, küsste sie mir nun schlabbernd das Gesicht ab wie Snoopy in Höchstform. Mein Mund suchte den ihren, wir taumelten trunken vor Leidenschaft durch die Küche in ihr Zimmer. Das Radio übertönte ihren Radiator, der bereits auf Hochtouren lief und dazu einlud, sich auszuziehen, wie die Kamine vormals den französischen Adel in seinen gut beheizten Gemächern. Im letzten Augenblick noch konnte ich mich von ihr lösen und Modern Talking abwürgen, die sich anschickten, die Musiklandschaft mit »Cheri Cheri Lady« zu verpesten. Meine Finger wanderten über ihre Plattensammlung, während sie an mir rumfummelte. Ravels abgedroschener »Bolero« und Santanas quengelnder »Samba Pa Ti« galten seit meiner frühen Jugend als Anmacherstücke, aber die lenken nur von der Stimmung ab, die du selbst verbreitest. Ich ließ es bleiben, überhaupt was aufzulegen, in der Gewissheit, das Schlimmste verhindert zu haben. Sie duftete nach Vanille, als mein Mund kleine Küsse über ihren nackten, makellosen Rücken verteilte, und sie lachte wie ein Mädchen, das von ihrer großen Schwester durchgekitzelt wird.

Ich hatte es mir angewöhnt, meinem Schlaftrieb nicht nachzugeben, seit ich herausfand, dass die Zeit danach für Katja immer besonders wichtig war. Wir lagen zusammen, gleich Frischverliebten im Sommerlager, sie den Kopf in meinen Arm gebettet. Unsere Gespräche kreisten um den Namen unseres gemeinsamen Sohnes, um die notwendigen Reparaturen am Haus und frühere Affären in unserer Biographie. Mein Heiratsantrag spielte aus irgendeinem Grund keine Rolle mehr. Sie versicherte mir ihre Liebe immer wieder, betonte, dass niemand ihr so nahe gekommen sei wie meine Wenigkeit, und ich liebte sie schon allein dafür.

»Schatzi?«

»Ja, mein Schatz?«

»Deine schwangere Jane fährt am Montag den Porsche zurück zu ihrem Papa.«

Selbstverständlich fahre ich dich mit dem roten Teufelsgeschoss zu deinen Eltern. Die sollen ihren Schwiegersohn ruhig kennen lernen. Ist schließlich sowieso nur eine Frage der Zeit.

»Das wird viel zu anstrengend für dich. Ich fahr dich.«

Sie kniff die Augen kurz zusammen. Zu mir hochblickend sagte sie dann leise:

»Das ist echt lieb von dir, aber ich schaff das schon. Du musst dich weiter um das Kinderzimmer kümmern.«

Sie robbte zu mir auf gleiche Höhe und küsste mich verliebt auf die Nasenspitze.

»Wollen mich denn deine Eltern gar nicht kennen lernen?«, fragte ich leicht indigniert. »Wir sind doch nicht erst seit gestern zusammen. Ist doch ein Familienfest. Erzählst du denn nichts von mir?«

Sie lachte erheitert. »Natürlich erzähl ich von meinem Tarzan und nur Gutes. Das kann ich dir versichern.«

Warum will sie mich dann nicht mitnehmen? Das Kinderzimmer eilt doch nicht so sehr. Auf einen Tag kommt es nicht an.

»Wann kommst du denn wieder?«

Ihre Hand schwebte wie ein tief fliegender Teppich über meinen ausgestreckten Körper, wobei sie mich federleicht berührte, so dass sich die Härchen meiner Haut aufrichteten.

»Ich bin schon am Fünfundzwanzigsten wieder hier. Am Heiligabend gibt unsere Kleinfamilie noch die klassische Bescherung. Same procedure as every year. Im nächsten Jahr nehm ich dich mit, okay?«

Ich musste an meinen Autobahnausflug mit Rupert denken.

»Fahr bitte vorsichtig«, bat Verkehrspsychologe Tom in einem Anfall von Besorgnis, »es ist sicher glatt auf den Straßen.«

»Aber sicher, mein Schatz. Aber sicher«, flüsterte sie beschwichtigend, während ihre Hand meine Lendengegend erkundete.

XXII

Der Kalender mit der romantischen Winterlandschaft darauf zeigte mir, dass heute Montag, der dreiundzwanzigste Dezember sein musste. Ein Blick auf die Küchenuhr vervollständigte die Orientierung: zwölf Uhr dreißig. Ich schaute durch das vereiste, mit winterlichen Zapfen verzierte Fenster. Die Reifenspuren im Schnee deuteten unzweifelhaft auf Katjas Abfahrt. Kein Zettel auf dem Tisch – nichts. Gestern hatte ich mich nach einem Streit mit ihr betrunken. Es war wie so oft nichts Wichtiges, das uns in gegenseitige Rage versetzte, aber wir fanden nicht rechtzeitig den rettenden Ausweg. Also verschwand sie wutschnaubend in ihrem Zimmer und vergaß dabei natürlich nicht, die Tür laut zuzuschlagen. Ich hätte nicht gedacht, dass schwangere Frauen so kräftig sein können, jedenfalls erschreckte mich der Knall ob seiner Heftigkeit. Zur Beruhigung entkorkte ich eine Flasche Tafelwein aus meinem Spezialkeller. Der Weinvorrat hatte sich schon beinahe erschöpft, ohne dass für Ersatz gesorgt worden war. Es war, glaube ich, das liebe Geld, das uns gestern entzweite. Jedenfalls war keines mehr da, um neuen Wein anzuliefern. »Du säufst wie ein Loch«, hatte sie geschimpft und: »Keinen Pfennig kriegst du von mir.« Ich versuchte es mit irgendwelchen Deals, wie zum Beispiel einem hundertprozentigen Versprechen, die Anonymen Alkoholiker aufzusuchen, wenn sie mir nur einen Vorschuss gewährte, aber Katja mutierte zu reinstem Granit. Sie hatte mein kleines Laster immer wohlwollend begleitet und jetzt das! Ich schob ihr störrisches Verhalten auf die Schwangerschaft, zumal sie dann auch noch zu heulen anfing. Immer, wenn ihr die Argumente ausgingen, schickte sie so lange Tränen durch den Kanal, bis sie mich wie einen Zwieback in Pfefferminztee aufgeweicht hatte. So was passiert Charles Bronson nie! Immer haben die knallharten Jungs in ihren Filmen Zaster ohne Ende und natürlich

Weiber, wenn sie zwischendurch mal Lust auf welche haben. Die Frauen widersprechen da nur, um ihren Sex-Appeal zu steigern. Das war auch in sonnigstem Licht betrachtet nicht Katjas Absicht. Auch die damals noch supermodernen Bankautomaten nützen dir nichts, wenn dein Dispo überzogen ist. Tom ohne einen feinen Tropfen ist wie Venedig mit leer gepumpten Kanälen: bar jeder Romantik! Ich fühlte mich von ihr restlos unverstanden. So kam es, dass wir uns ohne Abschied trennten. Ich hoffte sehr, sie würde sich an ihre Ankündigung halten, am ersten Weihnachtstag zurückzukommen, aber ganz sicher war ich mir nicht. Es tat mir Leid, dass wir uns so gestritten hatten. Die Schläfe pochte mir schmerzhaft, als ich die Küche nach Essbarem absuchte. Neben der Spüle standen noch drei leere Weinflaschen, die ihrer Entsorgung harrten. Warum waren sie nicht schon gestern in meiner provisorischen Glasvernichtungswanne gelandet? Katja hatte das Eisenbehältnis unter das Regal mit dem Vorhang geschoben. Ein Griff in das Tuch lüftete das Geheimnis: Glasscherben, weit über den Rand der Wanne mittig aufgeschichtet wie ein gläserner Turm zu Babel. Jede Bewegung könnte das Bauwerk zerstören. Ich hatte die Leerung der Wanne immer verschoben, weil das bedeutete, mit Kehrblech und Plastikeimer den Scherbenhaufen schichtweise abzutragen, eine umständliche, mir unangenehme Arbeit. Die drei gestrandeten Flaschen blieben erst mal, wo sie waren. Nur zwei Dosen Warsteiner, ein Teller mit Käsesorten vom Markt, ein Becher Margarine im Kühlschrank. Das Brot blieb auch nicht ewig frisch. Dieser Tag hatte etwas Niederdrückendes, einen eigenartigen Hauch von Vergänglichkeit. Die Stulle kauend, bis sie süßlich schmeckte, wanderte ich auf der Suche nach angenehmer Beschäftigung gleich einem Tiger im Käfig. Mein Blick fiel auf das Telefon. Mich dürstete nach Kommunikation. Sollte ich Rupert anrufen? Schon tippte mein Finger seine Nummer.

»Hallo?«

»Hi, hier ist Tom.«

»Hallo, Tom, wie geht's denn so?«

»Das wollte ich eigentlich dich fragen.«

»Mir geht es prächtig!«

Seine Stimme überschlug sich fast vor Euphorie.

»Rike ist wieder eingezogen. Der Typ war wohl doch nicht der Richtige für sie. Sie sagt, sie hätte mich wieder schätzen gelernt. Was sagst du dazu?«

»Ja also ...«

»Du, ich muss jetzt Schluss machen. Bis bald. Und guten Rutsch!«

Oder Thea? Immerhin hatte sie von einem Herman-Brood-Konzert im Jovel an der Weseler Straße gesprochen. Ich war zwar im Moment etwas klamm, aber vielleicht würde sie mir den Zaster ja vorstrecken.

»Hallo, hier ist der Anrufbeantworter von Thea Animod und Wilhelm Droste von dem Berg. Wir sind zurzeit nicht zu sprechen. Versuchen Sie es später noch einmal oder hinterlassen Sie eine Nachricht ... iiiieep.«

»Hi, hier ist Tom, du weißt schon. Wenn du Bock hast, melde dich doch. Auch über die Feiertage. Tschüss.«

Man konnte es drehen und wenden, wie man wollte: Es blieb die Erkenntnis, dass ich ohne Katja verdammt allein war. Mein Zimmer sah inzwischen wieder chaotisch aus, so dass es nahe lag, sich mit Aufräumen zu beschäftigen. Die Bücher stapelten sich quer über den Boden wie auf einem Gemälde von Spitzweg. Die Titel erinnerten mich daran, dass einst ein hoffnungsvoller Student mit dem Studium der Philosophie begann, jedoch zunehmend verwahrloste und am Ende sogar im Suff die »Kritik der reinen Vernunft« zum Entzünden seines Küchenofens verwertete.

»Da haben Sie sich aber wirklich Zeit gelassen«, nuschelte kopfschüttelnd der Professor, »Ihre Kommilitonen sind doch schon längst in Lohn und Brot. Ich kenne Sie ja gar nicht.«

»Meine Studien erfolgten vornehmlich außerhalb des Seminars, Herr Professor.«

»Ja was interessiert Sie denn, dass ich Ihr Doktorvater werden soll?«

»Eigentlich alles.«

»Aber so geht das nicht, junger Freund. Spezialisieren Sie sich erst, damit wir vielleicht ein Thema finden, das uns beide interessiert«, sagte der Professor freundlich und schaute auf die Uhr.

»Was interessiert Sie denn, Herr Professor?«

Sein Antlitz verdüsterte sich. »Kommen Sie gefälligst in mein Seminar. Ich kann meine kostbare Zeit nicht für solchen Unfug verschwenden.«

Die Zeit war reif für einen neuen Anfang. Ganz oben auf dem höchsten Stapel lagen Descartes' »Meditationen«, die ich bei Regensberg erstanden hatte. Der Radiator blies warme Luft in meine Kammer, während draußen vor dem Fenster kleine Schneeflocken wirbelten. Wiesen und Felder lagen erstarrt unter einer bleiernen Schneeschicht, und von den Weidezäunen hingen gefrorene Tropfen, die das Licht der Wintersonne brachen. Ich setzte mich mit dem Buch in den Schaukelstuhl am Fenster, den mir Katja freundlicherweise überlassen hatte, um meinem Refugium ein wenig Gemütlichkeit einzuhauchen. Mich beunruhigte der Gedanke, dass kein Wein mehr im Keller war, doch glaubte ich damals noch, bis zu Katjas Rückkehr darauf verzichten zu können. Dann wäre wieder Geld im Hause, und die Tankstellen haben auch über Weihnachten geöffnet. Du musst jeden Abend eine Flasche Wein trinken, um Hegel zu verstehen, hatte mir damals ein Kommilitone gesagt, den schon Erstsemester Tom instinktsicher als Idioten entlarvte, weil sich dieser Schlaukopf unter Berufung auf Hegel für die Wiedereinführung der Monarchie stark machte. Kaiser Wilhelm im Bundestag? Ich verstand Hegels »Phänomenologie des Geistes« weder besoffen noch nüchtern, so dass von dem ganzen Unternehmen nur das Saufen übrig blieb. Descartes kann auch der Abstinenzler verstehen, vorausgesetzt er gibt sich Mühe. Fort mit der Depression, dem Frust und diesem beinahe pathologischen Drang, Richies Schicksal aufzuklären! Ich trachtete danach, abzutauchen aus der Realität in die unendlichen Weiten metaphysischer Spekulation. Die ersten Buchstabenketten holperten noch ungelenk in mein Bewusstsein, doch dann sprach Descartes mit mir, und die Welt um mich herum versank ins Bodenlose. Jedenfalls wurde recht schnell klar, wo es für Descartes langgehen sollte. Sein Ziel schien mir unbedingt wünschenswert, nämlich sicherzustellen, dass unsere Urteile, die wir mit dem Anspruch auf objektive Gültigkeit fällen, auch wirklich objektiv sind. Mich wunderte wohl, wie man von hier aus so ganz nebenbei Gott und die Unsterblichkeit der Seele beweisen könne, doch entsprach meine Einstellung völlig dem späteren »Schaun mer mal« eines großen Philosophen der Jetztzeit. Überhaupt empfiehlt es sich, Philosophen geduldig zu lesen und nicht vorschnell abzuhaken. Andererseits muss man zugeben, dass zuweilen am Ende etwas anderes herauskommt, als der Autor zu Beginn versprochen hatte. Der alte Philosophenhase Tom versenkte sich jedenfalls auf alles gefasst in die Lektüre. Leise brummend wärmte der Radiator die stille Kammer, nach und nach zerfloss meine Umgebung zu einem traumartigen Gebilde fern von und ohne jeden Bezug zu mir. Haben wir, was die Welt da draußen angeht, eine sichere Kunde, dass es sie wirklich denkunabhängig von uns gibt? Eigentlich bin ich immer davon ausgegangen, und es schien mir nicht besonders weise, sich allzu lange mit dieser Frage aufzuhalten, aber wenn es denn der Wahrheit dient, bin ich zu allem bereit und bezweifle nur so pro forma, dass die Welt unabhängig von mir existiert. Und jetzt soll ich auch noch, natürlich nur rein methodisch, bezweifeln, dass 2+3=5 ist, weil es ja einen bösen Geist geben könnte, der uns permanent beim Rechnen täuscht. Descartes meint, man könne sich letztlich nur auf eine Gewissheit verlassen, nämlich dass mein eigenes Bewusstsein und deshalb auch ich existieren müsse. Als abgehärtetem Wittgensteinschüler schien mir die ganze Geschichte aus dem Ruder zu laufen, eine Art sprachliches Missverständnis zu sein. Für heute hatte Weltbezweifler Tom genug, schlug das Buch zu und starrte aus dem Fenster. Der Himmel hatte sich zugezogen, verdeckte mit seinen schweren Wolken die Nachmittagssonne. Okay, das kann da draußen natürlich alles Illusion sein, aber damit es überhaupt Illusion ist, müsste es doch stattdessen etwas anderes geben, und davon weiß ich ja nichts. Gibt es irgendeine Gewissheit? Ich versuchte nur so zum Spaß, an Katjas Liebe zu zweifeln, aber es wollte nicht recht gelingen, weil mir immer neue süße Augenblicke einfielen, die mein Herz hüpfen ließen. Und was war mit Richies Ermordung? Es war mit zeitlichem Abstand besehen durchaus verständlich, dass Katja den Realitätsgehalt meiner Geschichte bezweifelte; ich konnte es ihr nicht übel nehmen. Seltsam eigentlich, dass Thea mich zwar als durchgeknallten Psychomörder verdächtigt hatte, Richies Tod sie aber nicht im Geringsten irritierte. Auch Rupert und die Männergruppe hatten mir meinen Leichenfund widerspruchslos geglaubt. Oder hielten sie mich bloß für einen Phantasten? Dann hätte doch Rupert nicht so empfindlich reagiert, als ich seine Verbindung zu dem Toten herausgefunden hatte. Oder war er bloß ein überdimensionierter Angsthase? Je länger ich über meine Erlebnisse seit dem grausigen Fund am Buddenturm nachdachte, desto ineffektiver erschienen mir meine Ermittlungen. Hätte ich doch zur Polizei gehen sollen?

»Sehr geehrte Zuschauer, hier ist wieder Eduard Zimmermann, dieses Mal mit einem besonders mysteriösen Fall, der sich im Sommer '85 in Münster ereignete. Wie uns ein Langzeitstudent mitteilte, wurde Richard Müller zuletzt tot in einem Rhododendronstrauch am Buddenturm gesehen. Zahlreiche Zuschauer haben sich bereits bei der örtlichen Polizeistation gemeldet, und wir sind zuversichtlich, Ihnen noch heute erste Ergebnisse mitteilen zu können. Wir schalten jetzt zu Peter Niedetzky nach Wien.«

Der desillusionierte, zynische Bulle Tom wollte diesem Phantom nicht mehr hinterherjagen, versuchte Richie nun endgültig zu begraben. Er war nur noch bestrebt, seiner Frau ein guter Mann sein, weshalb er auch aus dem Schaukelstuhl sprang, das Kinderzimmer seines Sohnes aufzusuchen. Es galt Leitungen zu verlegen, nicht Mörder zu jagen.

XXIII

Heiligabend. Wäre es in Bethlehem des Jahres null so rattig kalt gewesen wie heute in Münsters Umgebung, hätte die Heilsgeschichte wohl einen anderen Verlauf genommen. Den lieben langen Tag hatte es geschneit, dass einem die Augen schmerzten, schaute man zu lange in die weiße Pracht. Obwohl ich mich am Ende der Welt wähnte, blieb doch auch mir die frohe Botschaft per Radio stets gegenwärtig, welches einfältig ein Oratorium nach dem anderen brachte. Drehte man ein wenig am Senderempfang, wechselten sich weihnachtliche Reportagen mit Oh-du-fröhliche-Gesängen aus jungen Kehlen ab. Vielleicht bewirkte diese Dauerberieselung meine plötzlich einsetzende Sehnsucht nach einem Heiligabend, wie man ihn aus Filmen oder Büchern kennt. Unter unserem Weihnachtsbaum hockt da unser gemeinsamer Sohn quietschvergnügt mit seiner Holzeisenbahn, und auch meine festlich geschmückte Katja strahlt über ihr ganzes Gesicht, weil ich ihr gerade ein unglaublich wertvolles Collier geschenkt habe. Mutter, Gott hab sie selig, sitzt lächelnd neben ihr, glücklich, mit Schwiegertochter und Enkelkind gesegnet zu sein. Die Luft duftet nach Bienenwachskerzen. Dazu gibt es Gebäck und einen Weihnachtsbraten zusammen mit einem edlen Tröpfchen. Die Realität sah anders aus: keine Katja, kein Sohn, keine Mutter, nicht mal ein Weihnachtsbaum. Stattdessen signalisierten mir zwei zerknautschte Dosen Warsteiner im überquellenden Mülleimer die einsetzende Trockenzeit. Die Tiere der afrikanischen Savanne können ja damit umgehen, doch für mich begann das Leiden: Ich lechzte nach Alkohol, machte mich in meiner Not über die Schachtel Mon Chérie her, die ich Katja nach unserer französischen Nacht geschenkt hatte: Nicht die Piemontkirsche oder der Schokoladenüberzug interessierte mich, sondern ausschließlich der Alkohol. Meine

Hand zitterte mal wieder, und es fröstelte mich. Kants »Transzendentale Ästhetik« musste dran glauben, damit ich den Küchenofen ans Laufen kriegte. So saß der kränkelnde Tom stundenlang auf seiner Decke an den Ofen gelehnt, sich sehnend nach seiner wärmenden Katja und einem kühlen Bier. Wie festgefroren harrten all die Dinge um ihn herum auf ihrem Platz, als wären sie von dort seit Millionen Jahren nicht verrückt worden. Nach und nach verschwamm meine Orientierung. Das schwache Licht, das durch die vereisten Fenster drang, erstarb mit der Dämmerung, was nach endlosem Verlust von Zeit und Raum nun auch ich gewahr wurde. Irgendwo da draußen feierte meine Katja ohne mich Weihnachten im trauten Familienkreis. Dachte sie wohl an mich? Ich robbte auf meiner Rheumadecke über den kahlen Küchenboden, schnappte mir das Telefon, und gleich war Zitteraal Tom wieder an das heißwarme Metall des Ofens gepresst. In ihrer feinen Mädchenschrift hatte sie mir vor einigen Tagen eine Ziffernfolge auf das Kalenderblatt mit der Winterlandschaft geschrieben.

»Wenn du mich mal sprechen willst«, hatte sie mir da augenzwinkernd versichert, »meine Nummer in Düsseldorf.« Der Zeigefinger meiner schlecht koordinierten Hand tippte mühevoll Ziffer für Ziffer in die Plastiktastatur.

»Kein Anschluss unter dieser Nummer«, informierte mich die monotone Frauenstimme am anderen Ende. Hatte ich mich verwählt? Ich versuchte es wieder und wieder, doch ohne Erfolg. Es schien mir ziemlich ungerecht, aber spontan hasste ich die Dame vom Band. Was zum Teufel sollte das? Was hatte ich verbrochen, dass sich mein Schicksal immer neue Kapriolen leistete? Ist Gott ein riesiges Baby, das mit den Welten spielt wie mit Murmeln? Ich fühlte mich wie ein Flummi, der zur Freude einer unbekannten Macht gegen Mauern geschleudert wird, nicht um daran zu zerbrechen, sondern nur, um immer wieder aus der alten Bahn geworfen zu werden. Meine Sehnsucht nach Katja wuchs wie die Rose im Zeitraffer eines Experimentalfilms, schmerzte mich, dass ich glaubte zu zerspringen. Ein Tränenschleier trübte mir den Blick zum Kinderzimmer. Seit der Beerdigung meiner Mutter war mir das nicht mehr passiert, aber es erleichterte mich doch. Plötzlich bemerkte ich, dass Katjas Radio, das Stunde um Stunde vor sich hingeplätschert hatte, nur noch leise rauschte. Schwerfällig stieß ich mich vom wärmenden Ofen ab und stapfte in ihr Zimmer. Das systematische Drehen an der Empfängereinstellung nützte nichts, als hätte Honecker seinen Störsender auf Häger gerichtet, damit der kalte Kapitalismus den armen Tom endgültig von der wärmenden Internationalen isoliert.

Ich schaute in ihrem Zimmer umher, auf der Suche nach irgendetwas, das mir die Einsamkeit nehmen könnte. Ein Nachthemd vielleicht, das nach ihr riecht, oder ein Foto von ihr.

Mir fielen die Briefe in ihrem Geheimfach ein. Ein Knopfdruck beendete das eintönige Rauschen des Radioempfangs, doch auch die plötzliche Stille war mir unangenehm. Ich zog ihren Schreibtisch von der Wand weg. Meine Hände schoben wie Saugnäpfe an die Rückseite gepresst die hölzerne Verkleidung nach oben. Doch kein Briefumschlag fiel aus der freigelegten Nische, kein Fitzelchen Papier, nichts! Es sah ganz so aus, als hätte sie Lunte gerochen und ihre Korrespondenz woanders deponiert. Kurz fühlte mein beschwertes Herz Erleichterung und eine Art Dankbarkeit, ihre Briefe nicht lesen zu können. Froh, keinen Vertrauensbruch begangen zu haben, ließ ich die Holzplatte heruntersacken. Mein Körper spiegelte sich im Fenster mit seiner frostigen Dunkelheit dahinter. Ich knipste das Licht aus und verschloss die Tür zu ihrem Reich. »Tu doch was Nützliches«, sagte eine Stimme zu mir, »und suhle dich nicht in deiner Depression.« Mein Bauch grummelte, schien mir sagen zu wollen, dass ich mich meiner Gefühle nicht zu schämen brauchte. Da steht der einsame Tom unschlüssig mit einer Decke um die Schultern in der Küche herum und leidet. Irgendetwas in mir suchte Wärme, Geborgenheit. Kein Mensch kann sich den Trost ausmalen, den ein festlich geschmückter Weihnachtsbaum mir hätte spenden können. Doch halt! Stehen nicht direkt neben dem Schuppen da draußen drei kleine Fichten? Kurz entschlossen packte ich mich in meine Jacke und machte mich auf den Weg in die noch junge Heilige Nacht. Der Schnee knirschte unter meinen schweren Schnürschuhen, kleine Flocken wirbelten um mein Gesicht. Eiseskälte ließ meinen dampfenden Atem in den Bartstoppeln gefrieren. Das Beil musste, wenn mich nicht alles täuschte, mit dem anderen Werkzeug im Schuppen an der Bretterwand hängen. Das Metall des verrosteten, eisigen Schlosses brannte sich in meine Hand, als ich den Eisenbügel zur Seite schob. Die Scharniere des Tores knarrten, wie ich es aus den Schwarzweißgruselfilmen meiner Kindheit kannte. Der Kegel meiner Taschenlampe leuchtete die Bretterwand entlang und richtig, dort hing das Werkzeug, jungfräulich wie am Tage unseres Einzuges. Mit klammen Fingern das Beil haltend, stand ich Sekunden später vor der Fichtengruppe wie ein Henker vor den Delinquenten. Die Kleine, leicht krumm Gewachsene ließ genug Raum für gezielte Bewegungen. Kurze, wuchtige Schläge schüttelten ihr den schweren Schnee vom Nadelkleid, so dass ihr Grün wieder sichtbar wurde. Nur ein letzter Ruck noch, und der Stamm wäre vom tief verankerten Wurzelwerk getrennt. Ich warf das Beil in den Schnee, um mit bloßen Händen den Stamm endgültig zu lösen, als mich ein undeutlicher Schreck durchfuhr und stocken ließ. Irgendetwas stimmte nicht, doch zuweilen braucht es etwas Zeit, bis man dahinter kommt, *was* geschehen ist. Da war dieses Geräusch, als das Beil die Schneedecke durchschnitten hatte, das nicht nach harter Erde, sondern eher hohl klang. Ich bückte mich, ergriff das Beil und schlug es mit einiger Wucht in den Schnee. Womm! Wieder dieses unerwartete Geräusch. Reflexartig schnellte ich hoch. Mit dem Schuh fegte ich nun den lockeren Schnee beiseite. Etwas Hölzernes wurde darunter sichtbar, das sich bei näherem Hinsehen als jene Tür zur grau gekalkten Waschküche herausstellte, welche ich schon bei der Einrichtung meines Weinkellers vermisst hatte. Was hatte die

Tür hier zu suchen? Neugierig hob ich das schwere Holz an. Ein Schauer durchfuhr mich, denn unter der Tür befand sich ein etwa zwei Meter tiefes, schwarzes Loch gleich einem geöffneten Grab. Bleib cool, Tom, ist doch bloß 'ne Grube. Jetzt weißt du auch, woher der Erdhügel im Schuppen stammt. Am besten holst du dir jetzt den Weihnachtsbaum ins Haus, verrammelst sämtliche Zugänge und versuchst dich in eine einigermaßen weihnachtliche Stimmung zu versetzen. Jetzt bloß nicht panisch werden! In Horrorfilmen neueren Datums ist spätestens jetzt immer so ein irrer Schlächter unterwegs, der dir völlig unerwartet die Gedärme herausoperiert. Aber nicht mit mir! Kalt wie eine Hundeschnauze ergriff der Fighter die kleine Fichte, brach sie endgültig los und schleppte sie in die Küche. Dann verschloss er systematisch sämtliche Fensterläden und die Haustür, so dass sich das Häuschen in eine uneinnehmbare Festung verwandelte. Es war natürlich mehr als nur sonderbar, dass jemand da draußen offenbar mit Bedacht eine Grube gegraben und noch dazu die Erde in den Schuppen gebracht hatte. Andererseits fand ich keinen Grund zu allzu übertriebener Sorge. Sicher würde sich bald alles aufklären. Statt mich weiter zu beunruhigen, suchte ich lieber nach einem Ständer für mein Weihnachtsbäumchen. Die Wanne mit den Glasscherben kreischte nervenzerfetzend, als ich sie mit ihrem ganzen Gewicht über den Boden in die Mitte unserer Küche schleifte. Mit dem Plastikeimerchen schaufelte Tom Düsentrieb einige Schichten des Glassalates auf eine ausgebreitete Zeitung. Dann bohrte er ohne jeden Blutverlust den angespitzten Fichtenstamm in den verbleibenden Scherbenhaufen, um ihn anschließend mit den restlichen Scherben von der Zeitung zu umkränzen. Da stand nun mein Weihnachtsbaum in seiner ganzen Pracht fest und unerschütterlich in einem Meer bunt leuchtender Edelsteine! Und dort kommt sie auch schon, meine festlich gekleidete, gut gelaunte Katja, um mich fest in ihre Arme zu schließen. Wie lieb von dir, mir eine Flasche edlen Rebensaftes zu schenken. Gleich, Schatz, ich geh schon mal nach oben, den Radiator anschmeißen. Wir schlafen doch heute in unserem Hochbett, nicht wahr? Warte hier so lange, bin gleich wieder da. Ich besorg uns was zu trinken.

Katjas Medizinkoffer wirkte nicht gerade aufgeräumt: kleine Ampullen mit unaussprechlichen Namen, Spritzen, ein Fläschchen Natriumcitrat, Blutgruppenteststreifen etc. Ich suchte nach etwas anderem: Es war mir inzwischen verdammt egal, woher der Sprit kam, wenn ich nur meinen stotternden Motor wieder ans Laufen kriegte. »Äthanol 80 %« stand vielversprechend auf dem Etikett des braunen Fläschchens, das mir schließlich verschwörerisch zuzwinkerte. Der gute alte Tom ist ja nicht auf den Kopf gefallen! Wie ein Alchimist klaubte ich die geeigneten Gefäße aus unserem Küchenschrank zusammen. Mein Jugend-forscht-Programm lief auf vollen Touren: ein Zehntel Liter Äthanol aus dem Messbecher in Katjas große Salatschüssel und dazu neun Zehntel Kranacher Leitungswasser, kein Problem für einen alten Wissenschaftshasen wie mich, den die Jahrhundertfrage beflügelte, ob Alkohol aus der Apotheke nicht eine kostengünstige Alternative zum Schnaps aus dem Laden sein könnte. »Nur im äußersten Notfall«, hörst du dich hallend aus der Toilettenschüssel antworten, denn dir wird sehr, sehr schlecht werden. Aber wenn du wirklich Alkohol brauchst, trinkst du auch den vergällten Stoff bis zur bitteren Neige. Der grausame Schierlingsbecher des genialischen, jungen Forschers zeitigte jedoch zunehmend positive Resultate: Der festliche Weihnachtsbaum strahlte unter dem von der Decke hängenden Vierzigwattstern warme Gemütlichkeit aus. Ich fühlte, dass die süße Katja in Gedanken ganz nahe bei ihrem Tom war. Friede den Menschen auf der Erde und besonders in diesen vier Wänden!

XXIV

Pochender Kopfschmerz vom Feinsten. Eine dünne Schweißschicht hatte meine erhitzte Haut überzogen. Eintönig summte der Radiator dort unter dem Hochbett, während draußen die Fensterläden klapperten.

»Steh auf«, sagte eine männliche Stimme.

Bist du es, Rupert? Welcher Typ quatscht mich hier von der Seite an?

»Steh auf! Es ist Zeit zu gehen.«

Ich fühlte kaltes Metall an meiner Schläfe. Wenn du allerdings Toms Spezialmischung getrunken hast, willst du nicht mehr aufstehen, sondern einfach sterben. Lass mich in Ruhe, Welt. So musste Freud auf seinen Todestrieb gekommen sein. Der Jemand rüttelte an meiner Schulter.

»Tom, alter Knabe, wir haben nicht ewig Zeit.«

Erschrocken riss ich die Augen auf: Das war Richie! Da stand mein Doppelgänger mit ungekämmtem Haar auf der schmalen Holzleiter und grinste. In der Hand hielt er einen Revolver, dessen Lauf auf meine Stirn zeigte. Wie konnte Richie unter den Lebenden sein? Oder war ich schon unter den Toten?

»Da staunst du, nicht wahr?«, schmunzelte er einen Moment lang versonnen. Seine Miene verdüsterte sich jedoch, als er feststellte, dass ich in meinem Trancezustand den nötigen Respekt vor der Waffe vermissen ließ.

»Mach schon! Steh auf!«, stieß er verärgert hervor. Wenn du dich fühlst, wie vom Universum ausgekotzt, schreckt dich kein Revolver mehr. Es war wie verhext: Ich verspürte keine Angst, nur kalte Aufmerksamkeit. Meine rechte Hand fühlte den Griff des Teppichmessers neben der Matratze. Unbemerkt schob ich es in den langen Ärmel meines Wollpullovers, den ich glücklicherweise anbehalten hatte. Wie war der Kerl hier bloß reingekommen? Während ich unter seiner Aufsicht die Leiter herunterwankte, fixierte er mich mit emotionslosem Blick. Kalt wie ein Computer analysierten meine Nervenchips die Lage, doch bevor sie ein Ergebnis ausspucken konnten, wartete Richie mit ersten Sprüchen auf. Sich wieder ganz als Herr der Lage fühlend, begann er nun ungeniert zu feixen.

»Verdammt lang her, nicht wahr? Tja, alter Blutsbruder, so kann es kommen. Gestern ging man noch ein Bierchen trinken, und heute wird man umgelegt.«

Das hörte sich nicht gut an, doch blieb ich seltsam phlegmatisch. Nur mein Verstand registrierte die Gefahr.

»Ich habe dich tot geglaubt. Wo warst du?«, fragte ich, als wir die Treppe hinunterstiegen.

»Nun, mein Freund, ich war in den USA, meiner Wahlheimat – oder sollte ich lieber sagen: deiner Wahlheimat? Doch was kümmert es dich, wo du schon bald ein Häufchen Asche sein wirst.«

Seine letzte Bemerkung erst ließ den Phönix endgültig erwachen. Fest ruhte das Teppichmesser in der Innenfläche meiner unauffällig verdeckten Faust. Ein Verdacht regte sich in mir.

»Was wolltest du wirklich von mir, damals in der Destille?«

»Dich studieren, was sonst?«, sagte er unten angekommen, wobei er mit dem Revolver kurz auf die Tür zeigte. »Ich musste deine kleinen Geheimnisse herauskitzeln, damit nichts schief gehen kann.«

Ich schaute ihn fragend an. *Was* sollte denn nicht schief gehen?

Plötzlich lachte er hell auf: »Und dann der göttliche Zufall auf der Promenade, alter Freund! Man hätte es nicht besser erfinden können: Ich, stramm wie eine Haubitze, hatte eine Zeit lang im Vorraum der Sparkasse Münzstraße gedöst, um wieder Kraft zu schöpfen. Auf der Promenade fielen ich und mein gutes Rad trotzdem noch ständig zu Boden. Aber ich war reinlich genug, statt meine eh durchnässte Hose doch lieber die Rhododendren zu bewässern. Wie das so ist, der Schlamm spülte mir den Boden unter den Füßen weg. Und dann kamst du herangetorkelt, und hast mich da benommen im Dreck liegen sehen. Ich wollte gerade was sagen, als du plötzlich selbst umgekippt bist. Später erfuhr ich dann, dass ich tot bin. Einfach göttlich!«

Richie kriegte sich vor Lachen kaum ein. Der Revolverlauf wackelte zum rhythmischen Schütteln seines Brustkorbes. Lähmende Kälte überkam mich, als er abrupt stoppte und mir nachdrücklich mit dem Schießeisen bedeutete, zur Haustür zu gehen.

»Warum tust du das?«, fragte ich. Eisiger Wind fegte in unsere Gesichter. Seine Miene verdüsterte sich.

»Du bist hier der Philosoph«, höhnte er. »Ich bin nur ein Geschäftsmann und Gesetzeskundiger. Geh schon.«

Der Himmel über uns leuchtete sternenklar, und gräulich schimmerte der Schnee auf den Feldern. Da kommt auch schon der Schuppen mit seiner abgeholzten Fichte. Dort drüben muss das Beil im aufgewühlten weißen Pulver liegen. Richie stößt mich voran in Richtung Grube.

»Halt, stehen bleiben!«, kommandierte er, als die Tür sichtbar wurde.

»Wie ich sehe, bist du schon fündig geworden«, rief er hektisch im Schnee scharrend, »dann wollen wir erst mal den Tomahawk beseitigen.«

Den Revolver stets auf mich gerichtet, bückte er sich, packte das Beil und schleuderte es hinter seinen Rücken. Dann griff er mit seiner freien Hand unter das Holz, kippte die Tür herum. Vor mir öffnete sich der schwarze Schlund.

»Stell dich vor die Grube«, schnauzte er wie ein SS-Offizier. Mein Puls jagte in die Höhe, während sich die Klinge meines Teppichmessers lautlos vorschob. Sag irgendwas, Tom! Irgendwas, das ihn überrascht, jetzt sofort!

»Richie?«

»Ja, Tom?«

Seiner Stimme nach zu urteilen steht er etwa einen Meter hinter mir.

»Sind wir nicht Blutsbrüder?«, schrie ich, hechtete mit ausgestrecktem Arm herum, ihn nur zu treffen, egal wie und wo, nur jetzt gleich, bevor er abdrückt. Er starrte mich erschrocken an, als meine Klinge durch sein Gesicht schnitt, zurückschnellte und sich in seine Halsschlagader bohrte. Seine zitternde Hand ließ den Revolver in den Schnee fallen, fasste an den Hals. Rhythmisch schoss dampfendes Blut durch seine Finger. Die Augen weit aufgerissen, stierte er mich fassungslos an. Seine Knie knickten ein, noch ein gurgelnder Laut, und dann fiel er vornüber in das winterliche Weiß, welches sich nun um seinen Kopf herum dunkel einfärbte. Fiebrige Hitzewellen jagten durch meinen Körper, aber noch ohne jede Gefühlsregung. Der Held eines Horrorstreifens sieht nun üblicherweise nach seiner verletzten Geliebten, und während du die letzten Popcornkrümel aus der Tüte in deine Hand schüttest, springt ihn der tot geglaubte Psychopath noch mal von hinten an, bis der Held ihm endgültig den verdienten Garaus macht. Vorsichtshalber drehte ich also Richies blutigen Körper herum, nicht ohne zuvor seinen Revolver beschlagnahmt zu haben. Das Teppichmesser steckte noch locker in seiner schwach pulsierenden Arterie. Richie war dermaßen getroffen, dass die übliche Wiederauferstehung wegen mangelnder Vitalität definitiv ausfallen musste. Seine aufgerissenen Augen blickten mich stumpf an, schienen mir sagen zu wollen, dass wir doch letztlich alle wieder in den Kreislauf materieller Endlichkeit zurückgehen. Eben noch haben deine Augen gefunkelt, wolltest du mich töten, und jetzt beginnst du dich mit glanzlosen Augen aufzulösen. Der Wind wehte mir schmerzende Eiskristalle ins erhitzte Gesicht. Ich schleppte mich zur Haustür zurück. Das Schloss schien unversehrt. Tadellos schnappte es zu. Rasender Kopfschmerz setzte nun ein. Ich löste zwei Aspirin in einem Kaffeebecher auf und stürzte das Zeug hinunter. Keine zehn Pferde kriegten mich wieder nach oben ins Bett. Kants »Kritik der reinen Vernunft« war schon erheblich ausgedünnt, und ein weiteres Kapitel, die »Transzendentale Dialektik«, wurde nun Opfer der Streichholzflamme, welche aufzischte, um den Küchenofen zu reaktivieren. Wer einmal Philosophie studiert hat, lässt diese nie mehr fahren. Mich tröstete der Gedanke, dass ja nicht Kants Ideen in Flammen aufgingen, sondern nur bedrucktes Papier. Erst einige Stunden später, ich hockte hospitalisierend an den Ofen gekauert, begriff ich nach und nach, dass Meister Tom einen Menschen umgebracht hatte. Okay, es war eindeutig Notwehr, aber würde man mir das glauben? Ich musste an Rupert denken. Von wem sollte Richie sonst erfahren haben, dass ich ihn für tot gehalten habe? Oder war es Thea? Meine Stirn fühlte sich heiß an. Vor mir ragte mein Weihnachtsbaum in den kühlen Raum, der sukzessive vom Ofen mit wabernden Wärmewellen angefüllt wurde. Mir wurde schummrig. Mach jetzt nicht schlapp, Tom. Warte auf Katja. Warte bis morgen. Und wenn ihn jemand da draußen findet? Sei nicht albern, Tom! Es ist mitten in der Heiligen Nacht.

XXV

»Tom?«

Ihre Stimme klang leise, wie aus unendlich weiter Distanz gerufen. Sie schüttelte mich. Zwischen mir und ihr rollte ein langer Tunnel, der alles um ihr Gesicht herum in Schwarz hüllte. Sie sah erschrocken aus, aber es machte mir nichts aus. Bunte Kreise zogen jetzt an meinen Augen vorüber. Ich brauchte Zeit, viel Zeit.

»Wach auf, Tom! Was ist denn los?«, rief sie mir aus der Ferne zu. Dann spürte ich eiskaltes Wasser in meinem Gesicht. Der Tunnel löste sich schlagartig auf. Eisige Tropfen krochen unter den Kragen meines Pullovers. Ich spürte ein Tempotaschentuch an meiner Stirn. Katja kniete vor mir und schaute mich besorgt an. Sie hatte noch ihren Wintermantel an, trug eine fesche Mütze.

»Was ist denn los mit dir? Du hast ja Blut am Pullover«, hörte ich ihre erstickte Stimme. Mein Blick wandte sich von ihr ab zum Fenster hin: Draußen war es taghell. Sie nahm meinen Kopf zwischen ihre Hände, drehte ihn zu sich und sah mir fest in die Augen.

»Was ist hier passiert?«, fragte sie nun mit Nachdruck. Ihr Mienenspiel verriet größte Anspannung.

»Richie«, ächzte ich, »Richie war hier.«

Sie rüttelte mich, weil ich die Augen wieder schließen wollte. »Weiter, Tom! Was wollte er hier?«

»Mich umbringen, wenn du es genau wissen willst. Hiermit.« Dabei zog ich den Revolver hinter meinem Rücken hervor.

Sie starrte mich kopfschüttelnd mit ihren weit aufgerissenen blauen Augen an.

»Wo ist er jetzt?«, hörte ich ihre zitternde Stimme, während sie weiter an meiner Stirn rumwischte.

»Er liegt neben dem Schuppen vor einer Grube ... Hatte er freundlicherweise für mich ausgehoben.«

»Ist er verletzt?«

»Nein, mausetot«, flüsterte ich zögernd, als müsste ich es mir selbst erst wieder in Erinnerung rufen, »ich habe ihn erledigt, bevor er mich töten konnte.«

Sie kniff ihre Augen zusammen und ballte die Fäuste.

»Das glaub ich einfach nicht!«, schrie sie aus voller Kehle. Wie ein Vulkan brach es aus ihr hervor. »Das glaub ich nicht!!«

Sie schnellte hoch, stürzte ans Fenster, doch konnte sie von dort nicht zum Schuppen sehen. Mit fassungsloser Miene stolperte sie aus der Haustür ins Freie. Noch immer benommen rappelte ich mich auf, um sie da draußen mit dem Anblick nicht allein zu lassen. Wie versteinert stand sie dort in der Morgensonne vor dem ausgestreckten, vereisten Block, der einmal Richie gewesen war. Ich legte ihr vorsichtig meine Hand auf die Schulter. Sie drehte sich mit starrem Blick herum, barg den Kopf an meiner Brust. Ein warmes Gefühl der Verbundenheit durchfloss unsere geschockten Leiber, die nun langsam ins Leben zurückdrängten.

»Was sollen wir tun?«, fragte ein ratloser Tom mit belegter Stimme in die Stille hinein. Sie schien mich nicht gehört zu haben. Jedenfalls glaubte ich das, doch plötzlich stieß sie sich von mir ab und gab seltsam beherrscht erste Anweisungen.

»Er muss in dem Grab verschwinden«, sagte sie tonlos, »Wenn wir Glück haben, weiß niemand von seinem Anschlag auf dich. Man wird ihn hier nicht suchen.«

»Aber es war Notwehr«, rief ich heiser, »wir können zur Polizei.«

Sie blickte ein wenig unschlüssig. »Warum hat er versucht, dich zu töten? Kennst du sein Motiv?«

Hilflos zuckte ich mit den Achseln. Sie streckte ihre Hand aus, tätschelte zart meine Wange.

»Sie werden dir nicht glauben, weil du ihnen kein Motiv für seinen Anschlag liefern kannst«, gab meine schwangere Freundin zu bedenken, die sich nun niederhockte. »Wir haben keine Wahl.«

Etwas unbeholfen zerrte sie an Richies ausgestrecktem Arm, um ihn in die richtige Position für ein Schnellbegräbnis zu bringen.

»Fass schon mit an«, keuchte sie, »wir können ihn hier nicht ewig herumliegen lassen.«

Gemeinsam drehten wir den gefrorenen Richie herum und bugsierten ihn in das Erdloch. Mir war ganz schlecht von der Prozedur, doch Katja blieb cool, als hätte sie ein Praktikum bei Doktor Frankenstein absolviert. Sie hatte schon im Studium mit Leichen zu tun gehabt, was ihr die Sache offensichtlich erleichterte, aber was nun folgte, jagte mir den Puls ein weiteres Mal in die Höhe: Richie stand aufrecht mit erhobenem Arm in der Grube.

»Das ist die Leichenstarre«, murmelte Katja, »wir müssen ihn kippen, damit er wenigstens diagonal liegt. Oder du nimmst das Beil und hackst den Arm ab.«

Das war zu viel des Guten.

»Einen Dreck werde ich tun!«, schrie ich sie an, so dass sie zusammenzuckte. »Ich kann nicht mehr!«

Sie kniff die Augen zusammen, die Kaumuskulatur spielte unter ihrer zarten Babyhaut. Scheinbar ruhig sagte sie mit geschlossenen Augen:

»Tom, wir müssen jetzt klug vorgehen, sonst gefährden wir unsere gemeinsame Zukunft als Familie. Willst du dein Kind vom Knast aus betreuen?«

»Aber du machst schreckliche Vorschläge! Ich fass Richie nicht mehr an. Das verspreche ich dir!«

Sie nahm einen kurzen Anlauf, trat mit aller Kraft gegen den Eisblock, der nun aus dem Gleichgewicht geriet und sich schräg in der Erdwand verkeilte. Unablässig wie aus einer Lokomotive stießen Dampfwolken aus ihrem Mund hervor.

»Weißt du, wie wir das Loch auffüllen können?«, hechelte sie außer Atem, mich ungeduldig anblickend. Mir fiel der Erdhügel unter der blauen Plane im Schuppen ein. Wir machten uns also in den folgenden Stunden mit Spitzhacke, Spaten und Schaufel daran, den gefrorenen Haufen in bröckelnde Untereinheiten zu zerteilen, um diese dann in die Grube zu schütten wie Schaumstoffkügelchen in einen Geschenkkarton. Unsere Arbeit ging schweigend voran, und ich war ihr dankbar dafür, dass sie mich in meiner derzeitigen Verfassung nicht ausfragte. Unser gemeinsames Geheimnis festigte mein Vertrauen in Katja mit jedem Schlag in den Erdhügel, jeder Schaufel in die Schubkarre. Dennoch spürte ich, dass sie eine Frage ebenso beschäftigte wie mich: Warum wollte Richie mich töten? Auch machte ich mir Sorgen um meinen geistigen Zustand, denn es war nicht zu leugnen, dass ich mir in jener Nacht am Buddenturm Richies Tod eingebildet hatte. Ich spürte Schmerzen in meinen Gelenken, wie sie bei einer Grippe aufzutreten pflegen. Katjas kühle Hand legte sich auf meine Stirn, als wir nach unserem Tagewerk endlich wieder die weihnachtsbaumgeschmückte Wohnküche betraten. Sie hatte vorher noch die Kellertür wieder auf das Grab gezogen. Mangels Rüttelmaschine sprangen wir dann darauf herum wie die Derwische, um den Aufwurf zu nivellieren. Wer uns dabei beobachtet hätte, wäre wohl zu der Überzeugung gelangt, zwei Verrückte tanzen zu sehen. Ich war glücklich, als kranker Mann wieder in unserem warmen Hochbett zu liegen, dieses Mal jedoch mit einer pflegenden Freundin unten in der Küche. Ich konnte den Kohleneimer scheppern hören, der Geruch von Weihnachtsbraten zog mir in die Nase. Zwischendurch brachte sie mir Hagebuttentee, der mich noch mehr schwitzen ließ. Alles war so friedlich wie mit Mutter vor vielen Jahren, als sie mich im Bett ließ, statt mich zur Schule zu schicken. Das Fieber verflüchtigte sich damals schnell wieder, aber der Genuss des Liegenbleibens mit den Geräuschen meiner im Haushalt arbeitenden Mutter blieb mir bis heute im Gedächtnis haften. Der Unterschied zu heute: Damals drohte nur die Aufdeckung einer kleinen List, denn Neunjährige erhitzen schon mal das Thermometer an der Glühbirne der Nachttischlampe, um einer Mathearbeit zu entgehen. Jetzt aber könnte man in unserem Garten eine Leiche finden. Meine Gedanken kreisten um Richie, wurden von ihm eingesogen wie ein Wasserstrudel. Erinnerungen an meine Kindheit mit ihm tauchten auf und erloschen wieder, kaum dass die Fetzen mir ins Bewusstsein gedrungen waren. Wie er einmal gelacht hatte, nachdem er mir ein Matchboxauto an den Kopf geworfen hatte, oder wie wir einen unglaublich hohen Baum hinaufgeklettert sind, weil wir uns als Indianer fühlten, die ja angeblich schwindelfrei sind, und wie er da oben das Triumphgeheul eines Schoschonen anstimmte.

»Träumst du, Tom?«, fragte Katja zärtlich. Sie war leise ins Zimmer hereingekommen und fuhr mir nun mit der Hand durchs Haar. Ich liebte ihr Madonnengesicht, wie es sich über mich beugte, mich küsste. In ihren flauschigen Bademantel gehüllt, geleitete sie mich in die heimelige Küche. Auf dem Tisch zwei Gedecke, einige Töpfe und eine Flasche edlen Rotweins. Katja hatte ihn direkt vor meinen avantgardistischen Weihnachtsbaum postiert. Meine Krankenpflegerin hob genüsslich den Deckel eines Topfes hoch, und die daraus entweichende Dampfwolke verkündete: Es gibt Braten mit Klößen und Rotkohl, ein richtiger Weihnachts- oder Leichenschmaus – wie man es nimmt.

»Hab ich von zu Hause mitgebracht«, erläuterte sie bescheiden ihre exquisite Kochkunst. Gerade wollte ich mich bei ihr bedanken, als mein Blick auf den Betonboden vor der Ofenklappe fiel: Dort lagen angekokelte Schnipsel von Luftpostumschlägen verstreut.

»Hast du vielleicht irgendwelche Briefe verbrannt?«, krächzte ich in möglichst uninteressierter Tonlage, »das Papier am Ofen sieht nicht aus wie meine ›Kritik-der-reinen-Vernunft‹-Ausgabe.«

Sie verschluckte sich am Rotwein, hustete wild, so dass ich ihr auf den Rücken klopfen musste, um sie zu beruhigen.

»Ich habe was zum Anzünden gesucht«, nickte sie, »ich habe dein Buch nicht nehmen wollen.« Wir schwiegen eine Zeit lang. Dann kam ich auf Richie zu sprechen.

»Wusstest du, dass Richie mal mit Rupert zusammengewohnt hat?«

Sie blickte mich erstaunt an. »Wer ist denn Rupert?«

»Stimmt, den kennst du ja gar nicht. Ist ein Freund von mir.«

Sie lachte nervös auf. »Du hast einen Freund? Davon hast du mir ja gar nichts erzählt.«

Jetzt wurde mir erst wieder bewusst, dass ich ihr tatsächlich seit unserem Streit wegen des Katzenkostümfotos nichts mehr von meinen Nachforschungen berichtet hatte.

»Das wird jetzt anders werden. Ich möchte, dass du meine Bekannten auch kennen lernst.«

»Hast du denn sonst noch Bekannte?«, fragte sie mit großen Augen.

»Wie man es nimmt. Jedenfalls hab ich ein paar Leute kennen gelernt.«

Die Bratensauce war ein Gedicht.

»Die werden dir gefallen«, fügte ich optimistisch hinzu.

»Du hast mal einen Wilhelm erwähnt, wenn ich mich recht erinnere«, sagte sie mit vollem Mund. Sie unterbrach für einen Moment ihr Kauen, schluckte, und dann lachte sie mich freundlich an.

»Ja, Tom. Ich freue mich darauf, sie kennen zu lernen. Und jetzt ist Schluss mit dem Alk!«

Dabei packte sie die halb volle Rotweinflasche am Hals und entleerte sie sadistisch schmunzelnd in die Spüle. Gurgelnd versickerte der gute Tropfen im Abfluss. Sie hätte das nicht machen sollen, doch wusste ich im Innersten, dass es zu meinem Besten geschah. Mein Gesichtsausdruck muss herzzerreißend gewesen sein, denn ihre Augen füllten sich nun mit Tränen.

»Ich liebe dich«, schluchzte sie lachend.

»Und ich liebe dich«, antwortete ihr Tom, ohne eine Sekunde zu zögern.

XXVI

Vier Uhr morgens.

»Schlaf weiter«, schnurrte die Leuchtanzeige des Weckers. Nur sein Umfeld von fünf Quadratzentimetern Ikeaholz reflektierte rot, ansonsten schwarze Nacht. Neben mir Katjas gleichmäßige Atemgeräusche. Aber ich habe kein Auge zugemacht, bin wachgelegen, weil das Grauen mich nicht verlassen hat. Immer, wenn ich beunruhigt bin, verspüre ich einen starken Bewegungsdrang, laufe ich herum wie ein neurotischer Tiger im Käfig.

Die kleine Holzleiter knarrt unter meinem Gewicht ... Tasten nach dem Lichtschalter in der Küche ... Majestätisch posiert die Fichte im Licht der Glühbirne ... Wüstenstaub in meiner Kehle ... Eiskaltes Wasser sprudelt aus dem Kran in die Mundhöhle ... Stille Nacht um mich herum ... Nur der Kühlschrank summt eintönig ... Von irgendwoher zieht es ... Der Bademantel riecht nach Katja ... Dort liegen immer noch die angekokelten Luftpostschnipsel auf dem Boden. Das erkennt man am gerillten Airmail-Aufdruck. Bestimmt ist das die Korrespondenz mit ihrer Brieffreundin, die ich beinahe mal geöffnet hätte.

Ich nahm Handfeger und Kehrblech, fegte die angebräunten Reste auf. Im Schein der Glühbirne sammelten sich die Fitzelchen auf dem weißen Metall. Ein Papier aber weigerte sich hartnäckig, auf das Blech zu gleiten, wie sehr ich auch darüber fegte. Ich bemerkte, dass dieser Fitzel die Ecke eines größeren Umschlages darstellte, welcher wohl versehentlich unter den Ofen geraten war. Mit dem langen Brotmesser stocherte ich unter dem erkalteten Metall, bis der Umschlag weit genug hervorlugte, um ihn mit den Fingern zu packen. Kein Absender, doch an Katja adressiert und in Düsseldorf abgestempelt. Ich hatte dieses Kuvert nie zuvor gesehen, was mich jedoch nicht erstaunte, da ich Gott schon gewohnheitsmäßig auf Knien für jeden Tag ohne Post dankte, weil Post an mich meiner Erfahrung nach meistens Ärger bedeutete. Das war auch der Grund dafür, dass Katja bei uns für gewöhnlich den Kasten leerte.

Wie sich herausstellte, befand sich unter diesem größeren braun gefärbten Umschlag noch ein Luftpostbrief von Adelheid Wiesenhain an Katja, den ich ebenfalls herausbugsierte. Warum hatte Katja die Briefe so eilig verbrennen wollen, dass ihr diese beiden unter den Ofen gesegelt sind? Der inoffizielle Mitarbeiter der Staatssicherheit nahm die Kuverts mit zum Tisch, auf dem noch das Geschirr unseres kulinarischen Weihnachtsexzesses herumstand. Katja hatte den Umschlag von Adelheid Wiesenhain mit Tesafilm verschlossen. Die Schneide des Brotmessers ratschte den Luftpostumschlag auf. Ich fischte das dünne Papier mit der feinen blauen Schrift heraus.

New Orleans, 6.12.85

Meine liebe Katja,
es geht nun bald mit mir zu Ende, doch werde ich glücklich sterben. Glücklich sterbe ich, weil ich euch noch gefunden habe und weiß, dass ich in euch weiterleben werde. Tom besucht mich, so oft er kann, und kümmert sich rührend um mich. Ich hoffe, dass ihr bald heiraten werdet, und vielleicht lebe ich ja doch noch, wenn mein Großneffe auf die Welt kommt. Aber wie immer es kommen mag; für euch wird gesorgt sein. Als ich damals den Namen meines lieben Mannes annahm, übernahm ich auch seinen Reichtum, der nun in eure Hände fließen wird, um dem Kinde, meinem Neffen Tom und dir, meiner lieben Katja, eine schöne Zukunft zu sichern.
Gott segne euch
Eure Adelheid Wiesenhain

Du hast eine Tante, Tom. Das Blut pochte mir hart durch die Schläfen. Kleine Schweißtröpfchen verfingen sich in meinen Augenbrauen. Warum hatte die Tante nicht Kontakt zu mir gesucht, sondern zu Katja? Von welchem Tom war hier die Rede? War sie verrückt? Hastig durchtrennte ich den Tesafilm des zweiten, größeren Umschlags. Auf dem speckigen, linierten Blatt stand mit Bleistift geschrieben:

Montag, den 16. Dezember 1985

Liebe Katja,
halte noch ein wenig durch, dann ist es geschafft! Es hat bis jetzt doch alles funktioniert: Seine Millionentante ist bald tot, und wir sind die Alleinerben. Sie haben alles geschluckt, die Geburtsurkunde hat sie überzeugt. Die Blutprobe brauchten sie gar nicht mehr. Ich gelte in den USA schon als Tom! Seine Tante ist ganz vernarrt in unsere Fotos. Hat er meinen teuren Porsche gut behandelt? Und meinen schauspielernden Schatz? Warte nur ein Weilchen, dann ist alles vorbei. Du musst so lange durchhalten. Ich hoffe sehr, dass du ihn noch unter Kontrolle hast. Du weißt: Keine Freunde, keine Bekannten, keine Zeugen. Halte ihn in seinem Suff auf Kurs, notfalls mit Sex. Tu es für unsere kleine Familie. Vielleicht sollten wir unseren Kleinen Jerry nennen?
In der Nacht zum 25.12. ist es so weit. Platziere den Haustürschlüssel bei deiner Abfahrt bitte am vereinbarten Ort und komm am 25. möglichst früh wieder. Es wird sehr schnell gehen. Alles wird gut.
In Liebe
Dein bald sehr reicher Richie

PS. Hast du den Tanga schon gekauft?

Ich sah meine Katja vor mir im Grünhaus die Hüften wiegen, in Zeitlupe lächeln, ihren Mund spitzen, mich küssen. Ihre leuchtenden, grünen Augen schauten mich ruhig an. Ich sah ihre langen Haare im Wind wehen. Ich spürte ihre Hände auf meiner Haut, ihren Atem in meinem Gesicht. Mein Brustkorb zog sich zusammen.

Ich musste an den Blitz und Richies Rad denken, das vermutlich in ihrem Keller gestanden hatte. An den roten Porsche, der offenbar Richie gehörte. Er musste in der Anwaltskanzlei Smith & Simpson von meiner Tante erfahren und Katja auf mich angesetzt haben. Sicher wollte Adelheid Wiesenhain notariellen Rat für ihr Testament. Katja im Katzenkostüm ging mir durch den Kopf. Vielleicht hatte er sie in den USA kennen gelernt und dann überredet. Liebte sie Richie? Wie sie mich belogen hatte! Dass ich ihre Eltern nicht kennen lernen sollte, hatte seinen Grund. Wie sie mit mir die Wohnungen besichtigte, bis wir endlich unser kleines Heim weit, weit ab der Stadt gefunden hatten. Ich musste an den Mann denken, als ich zum ersten Mal versucht hatte, Katja anzurufen. Matzes Postkarte im Müll. An den mit »Feuer« beschrifteten Ordner, den sie mit meinen Urkunden angefüllt hatte. Wie sie mir Blut abgezapft hatte, angeblich für ihr Studium. Der alte Tom sollte sterben, damit der neue Tom auferstehen konnte. Ich dachte an das unversehrte Haustürschloss. Und wie sie geschrien hatte, als sie von Richies Tod erfuhr. Mein Herz raste vor Schmerz.

Ich sog ihren Duft ein. Wie sie mich liebte, tief und innig, mich anlachte, ihr Geschlecht gegen meines drückte und mir ihre Liebe schwor. Wie sie zärtlich mein Ohr an ihren schwangeren Bauch gezogen hatte, von unserem Sohn sprach, mich küsste und herzte. Wie versonnen sie gelächelt hatte, als sie mir von der Sinnlosigkeit allen Seins erzählte. Wie sie Richie entschlossen in die schwarze Grube stieß. Wie wir gemeinsam auf seinem Grab getanzt haben, das doch für mich gedacht war.

Der kleine Zeiger der Küchenuhr hatte die Sechs schon überschritten, als Tom aus seiner Versteinerung erwachte, beide Briefe säuberlich zusammenfaltete und in die Tasche des Bademantels schob. Schwerfällig stieg er die hölzernen Stufen hinauf zu ihrem gemeinsamen Schlafzimmer. Aus dem Spalt der angelehnten Tür fiel kein Licht. Er konnte ihre ruhigen Atemzüge und den Wind vor dem Fenster hören. Er ließ die Tür auf, um den hellen Schein des Flures in das Zimmer zu lassen. Und wie er nun die kleine Holzleiter hinaufgeklettert war, schaute er sie lange an. Ihr schwangerer Bauch wölbte sich aus dem Deckengewühl hervor, ihre Brüste hoben sich im Takt ihres Atemzuges, und ein zufriedenes Lächeln umspielte ihren mütterlichen Madonnenmund.